Wolf Haas, geboren 1960 in Maria Alm am Steinernen Meer, war nach seinem Linguistik-Studium zwei Jahre Uni-Lektor in Swansea (Südwales), anschließend arbeitete er als Werbetexter in Wien. Mehrere seiner Romane wurden mit dem Deutschen Krimi-Preis ausgezeichnet. Haas lebt als freier Autor in Wien.

Außerdem liegen vor: «Der Knochenmann» (rororo 22832), «Komm, süßer Tod» (rororo 22814), «Silentium!» (rororo 22830) und «Auferstehung der Toten» (rororo 22831).

Wolf HAAS

WIE DIE TIERE

Roman

Rowohlt Taschenbuch Verlag

Einmalige Sonderausgabe
August 2004
Veröffentlicht im
Rowohlt Taschenbuch Verlag,
Reinbek bei Hamburg, Dezember 2002

Lektorat Wolfram Hämmerling
Umschlaggestaltung any.way,
Barbara Hanke/Cordula Schmidt

Gesamtherstellung Clausen & Bosse, Leck
Printed in Germany
ISBN 3 499 23751 2

wie die Tiere

Eins

Jetzt ist schon wieder was passiert.

Und manchmal beneide ich die Vögel, die über dem Augarten kreisen und von der ganzen Sache nichts wissen. Weil als Vogel hast du die berühmte Perspektive, du drehst deine Parkrunden, immer schön majestätisch. Du steigst vom Flakturm mitten im Augarten in die Luft und lässt die Liegewiesen unter dir vorbeiziehen, die Kinderspielplätze und die Hundezonen. Du schaust dir die Fußballfelder an, kreist mit der roten Laufbahn um die Wette, und über das blaue Kinderschwimmbad kommst du in den waldigen Teil hinüber mit den kreuz und quer laufenden Irrwegen. Da hast du als Krähe oder Mauersegler alles so schön im Blick, dass du aus der Distanz jeden auslachst, der wegen ein bisschen Mord die Fassung verliert.

Aber interessant. Vögel trösten einen nur bei Tag. Und nur wenn sie fliegen. Und nur wenn die Sonne scheint. Weil wenn die Nacht einbricht, da schreien die im Augarten, dass man glaubt, die ganze Geschichte ist vielleicht doch nicht so spurlos an ihnen vorübergegangen. Wenn da so ein Feld voller Krähen zusammenkommt, das ist ein hysterisches Gewieher, das glaubst du gar nicht. Tagsüber tun sie recht majestätisch. Aber am Abend fürchten sie sich vor dem Schlafengehen.

Jetzt heißt es, man soll so eine Geschichte nicht verdrängen, sondern alles noch einmal durchleben, nur das hilft. Nur nicht so tun, als wäre nichts gewesen. Weil natürlich hat sich hinterher jeder einzelne Beteiligte gewünscht, er könnte die Sache ungeschehen machen. Aber es nützt ja nichts, der Mensch kann nichts ungeschehen machen, das ist von seiner ganzen philosophischen dings her nicht möglich. Heute kann er ja schon fast alles, aber ungeschehen machen, da beißt er sich die Zähne aus. Und der liebe Gott, der es könnte, den freut es wieder nicht.

Heute bin ich ein bisschen nachdenklich, und das kommt davon, dass sich der ganze Albtraum zusammengebraut hat wie die reinste Weltgeschichte. Weil in der Weltgeschichte sind zuerst die Tiere, und dann erst der Mensch. Und ob du es glaubst oder nicht, im Augarten war es genauso. Zuerst die Susi tot. Dann die Alice tot. Dann der Ralf tot. Dann die Asta-Vanessa tot. Dann die Donna tot. Und dann erst der Mensch tot.

Und da hat es vielleicht die Manu Prodinger doch nicht so schlecht getroffen, wie sie gesagt hat, der Augarten kommt mir immer vor wie eine verwunschene Seele. Natürlich Park in einer großen Stadt immer Seele, da gibt es gar nichts, da hätte jetzt nicht unbedingt die Manu Prodinger von ihrem Kärntner See nach Wien kommen müssen, damit sie das sagt. Jetzt nicht dass du glaubst, die Manu Prodinger war es, die im Augarten die Hundekekse ausgestreut hat. Im Gegenteil, die Manu war bei den Tierschützern ganz vorn dabei, sprich Eins-a-Spendensammlerin.

Tag für Tag ist die in ihrer roten Windjacke mit der Aufschrift «Tierfamilie» am Schwedenplatz gestanden und hat mit ihrem Charme noch den ärmsten Rentnerinnen den Hilflosenzuschuss aus der Tasche gezogen, dass das Zuschauen die reinste Freude war. Natürlich nicht sie allein, so was macht man immer zu zweit. Die Manu hat den Leuten den Weg verstellt wie der reinste Abfangjäger und ihnen ein Loch in den

Bauch gequasselt wie die reinste Fernsehtante, und der Horsti hat die Schreibarbeiten gemacht, das war der seriöse Herr im Hintergrund.

Aber heute haben sie ausnahmsweise nicht am Schwedenplatz gesammelt, sondern im Augarten. Weil zu der großen Protestkundgebung gegen den Hundekeksstreuer haben sich natürlich Tausende Tierfreunde versammelt. Unmittelbar vor dem Flakturm, den sie da im Krieg mitten in den Augarten hineingestellt haben. Ein fast fünfzig Meter hoher Betonbunker mitten in der grünen Seele, das sieht schon ein bisschen aus, als wäre ein schwarzes, fensterloses Hochhaus direkt aus der Hölle in den Augarten hineingefahren, quasi seelisches Problem.

Aber interessant. Der Horsti hat auch ein seelisches Problem gehabt. Während er vor dem Flakturm mit dem Unterschriften-Einsammeln fast nicht nachgekommen ist, hat er dauernd über dieses Problem nachgedacht. Pass auf, der Horsti war seit Monaten in seine Kollegin verliebt. Und die Manu hat beim Spendensammeln ihre Reize ausgespielt, da hat sich dem Horsti manchmal vor Eifersucht fast seine Tierfamilie-Krawatte verfärbt.

Weil du darfst eines nicht vergessen. Männer spenden nichts. Das ist statistisch tausendmal bewiesen, Männer spenden nichts, und Reiche spenden nichts. Da kannst du fragen die Caritas, da kannst du fragen Blindenverband, Nachbar in Not oder Kinderdorf, ganz egal, eines werden dir alle sagen: Spenden tut niemand, außer die armen, alten Frauen.

Jetzt die Manu natürlich den Vogel abgeschossen, weil sie die Männer zum Spenden gebracht hat. Das glaubst du gar nicht, wie die denen den Hals verdreht hat. Und vor allem so die vierzig-, fünfzigjährigen Deppen, sprich Geschäftsleute, die in ihren genagelten Schuhen auf der Suche nach dem silbernen Dienstflitzer recht wichtig über den Schwedenplatz getrampelt sind. Denen hat sie die Köpfe verdreht, dass man die Halswirbel an manchen Tagen noch auf der anderen Seite vom Donaukanal krachen gehört hat.

Ich muss zugeben, das war für den Horsti wirklich keine einfache Position. Die Manu war eine Frau, die für solche Männer wie gemacht war. Nicht nur das Äußerliche, das Attraktive, das Blonde, das Blaue. Sondern Wesen auch wichtig. Unkompliziert, fröhlich, ja was glaubst du. Da war bei der Manu das Wesen mindestens so wichtig wie das Äußere. So oberflächlich sind ja heutzutage die Männer auch nicht mehr, da zählt unkompliziert genauso viel wie dünn.

Jetzt muss ich eines ganz ehrlich sagen. Ich verstehe ja, dass der Horsti darunter gelitten hat. Aber die Manu Prodinger hat am allerwenigsten dafür gekonnt. Und in Wahrheit hat sie dem Horsti ja aus genau den gleichen Gründen gefallen wie den anderen, sprich Äußeres eins a und Wesen unkompliziert. Und das muss man erst einmal diskutieren, ob es nur deshalb eine edlere Liebe ist, weil einer seit Monaten beleidigt dreinschaut.

Deshalb soll bitte keiner daherkommen und blöd über die Manu Prodinger reden.

Weil die Argumente kenne ich alle, den ganzen Neid. Wenn du heute die Schönste und die Dünnste und die Unkomplizierteste und die beste Spendensammlerin bist, dann hast du Neider, das geht gar nicht anders. Und hinter dem Rücken heißt es dann alles Mögliche, die Manu kaltherzig und berechnend, und eine Stimme wie ein Glasschneider.

Das will ich gar nicht hören. Kaltherzig, was soll das überhaupt heißen? Und Glasschneider, mein Gott, das kann man doch über jede Zweite sagen. Ich will von dem ganzen Gerede nichts mehr wissen. Die Manu war schon in Ordnung. Weil altes Sprichwort. Man soll über die Toten nicht schlecht reden.

zwei

Da gibt es immer die großen Diskussionen, für das Tier, gegen das Tier, und speziell für den Hund, gegen den Hund, da hat jeder so seine Meinung, und ich sage, warum nicht, Meinungen muss es auch geben. Ich weiß es nicht, fällt mir das jetzt selber ein, oder hat das irgendein gescheiter Mann einmal gesagt, die Meinung ist es sogar, die uns als Mensch vom Tier unterscheidet.

Der Tierliebhaber sagt, das ist seelisch ganz was anderes, wenn du ein Tier zum Streicheln hast, da streichelst du regelrecht deine eigene Seele. Der Tierhasser sagt wieder, Seele schön und gut, aber meine Schuhe, meine Kinder, alles gefährdet. Das sind so die gängigsten Argumente.

Ich persönlich vollkommen neutral, aber eines muss ich schon ganz sachlich sagen. In der Stadt sind die Hunde eine Pest. Der Hund betrachtet die Stadt als sein Klosett, und man darf ihm dafür natürlich nicht persönlich böse sein. Aber in Wien offiziell 53 000 Hunde, und dann natürlich. Dunkelziffer gigantisch! Wenn du so eine Dunkelzifferschätzung hörst, da kriegst du Albträume, weil wenn nur für jeden vierten Hund die Hundesteuer bezahlt würde, könnte man an jeder Straßenkreuzung ein goldenes Hundeklo hinstellen, sogar getrennt für Hundedamen und Hundeherren. Und trotzdem muss man laut und deutlich eines sagen. Man kann nicht einfach hergehen und Hundekekse streuen. Oder Hundekekse meinetwegen schon, aber nicht mit Stecknadeln drinnen.

Jetzt hat der Wiener Tierstadtrat natürlich Großeinsatz gehabt, frage nicht, der hat sich sogar extra einen Hund ausgeborgt für seine Rede, die er vor den Pensionisten im Augarten gehalten hat. Weil da hat man wahnsinnig aufpassen müssen bei den rabiaten Pensionisten, die haben einen gewissen Hang zur Selbsthilfe gehabt, ich möchte nicht sagen Selbstjustiz, aber diesem siebzehnjährigen Burschen, Stanko oder Branko oder wie der geheißen hat, dem wäre es fast an den Kragen gegangen. Weil der hat das Stanniolpapier von seiner Zigarettenpackung weggeworfen, dann hat es in der Sonne so geglitzert, dass eine Rentnerin geglaubt hat, Stecknadelkeks, und dann natürlich. Mehr als Würgemale hat der aber nicht gehabt, und heute hat der Tierstadtrat vor dem Flakturm in sein Mikrophon gesagt: «Wir müssen den Hundemörder so schnell wie möglich zur Strecke bringen.»

Aber eines ist mir bei dieser Sache wirklich aufgegangen. Ich möchte nicht sagen, das Ganze hat sich deshalb ausgezahlt, weil mir etwas aufgegangen ist, bestimmt nicht, da möchte ich nicht meine Philosophie so hoch bewerten, dass das ganze Blut in dem Sinn positiv vergossen wäre, aber trotzdem interessant. Das mit der Gleichzeitigkeit. Der Tierstadtrat hat ja nicht wissen können, dass gleichzeitig, während er im Augarten beschwichtigend auf die Hundebesitzer einredet, nur hundert Meter entfernt im *White Dog* ganz jemand anderer praktisch im selben Wortlaut sagt: «Wir müssen den Hundemörder so schnell wie möglich zur Strecke bringen.»

Also, das ist jetzt nicht für Kinder bestimmt, das ist erst ab achtzehn, da möchte ich pädagogisch nichts falsch machen. Das wäre jetzt der letzte Moment, wo man die Kinder ein bisschen wegschickt, geh spielen oder schau dir dein Gewaltvideo an. Weil sagen wir einmal so. Das *White Dog* war natürlich ein

Lokal, über das sogar Erwachsene nur unter vorgehaltener Hand sprechen. Und der Chef vom *White Dog*, der Schmalzl, war ein Mensch mit einem wenig angesehenen Beruf, sagen wir einmal so: Ausbildung in Hamburg genossen. Aber das mit der Strecke hat er genau gleich formuliert wie der Tierstadtrat im Augarten, und was mir so daran gefällt: Es muss fast auf die Minute genau zur gleichen Zeit gewesen sein.

Der Schmalzl ist hinter der Bar gestanden, praktisch Wirt, und der Brenner vor der Bar, praktisch Kunde, und der Schmalzl, praktisch Auftraggeber, sagt: «Wir müssen den Hundemörder zur Strecke bringen» zum Brenner, praktisch Detektiv. Und interessant: Neben den beiden, auf der Bar, ist ein weißer Hund gesessen, ganz still und lieb und friedlich, und sehr kunstvoll ausgestopft.

Der zweite Hund dafür umso lebendiger, der ist zwischen den Tischen herumgestreunt, manchmal hat er kurz bei den Nackten auf der Bühne vorbeigeschaut, und immer, wenn das Handy in seinem Maul gesungen hat, ist er dahergestürmt und hat es dem Schmalzl gebracht.

Aber interessant! Die beiden Männer auf der Bühne haben goldene Halskettchen getragen, und die beiden Frauen haben goldene Fußkettchen getragen. Und ob du es glaubst oder nicht, der Hund hat ein goldenes Halskettchen und vier goldene Fußkettchen getragen.

«Ein Argentino», hat der Schmalzl gezwinkert, wie er bemerkt hat, dass der Brenner ihn bewundernd anschaut. «Zweikommafünfmal so starke Gebissmuskulatur wie ein Rottweiler.»

«Und das Handy zerkaut er nicht?»

«Das Handy beschützt er wie seinen Augapfel.»

«Ein schöner Hund.»

Da hat der Brenner wirklich Recht gehabt. Der Argentino war eine Pracht. Aber sonst natürlich muss ich schon ganz ehrlich zugeben, Hundekekse, ein besonders glänzender Fall ist das nicht für einen Detektiv. Mit so was kannst du in Detektivkreisen nicht berühmt werden. Andererseits hat der Brenner private Gründe gehabt, wo der Aufenthalt in Wien notwendig war. Und da ist ihm eben der Auftrag vom Schmalzl, so klein er auch war, wie gerufen gekommen. Zumindest am Anfang hat es ideal ausgeschaut, nachher natürlich Tränen, frage nicht, vielleicht dass es rein menschlich sogar so sein muss, wenn etwas am Anfang recht ideal ausschaut.

Und am Anfang hat einfach alles gepasst. Im ersten Stock hat der Schmalzl zwei Privatzimmer gehabt, wo bis vor kurzem zwei Mädchen gewohnt haben, und jetzt eben ein Mädchen und der Brenner. Weil die Zoriza hat mit der Fremdenpolizei Probleme gekriegt, zuerst hat es geheißen Ausweisung, dann hat es wieder geheißen, der Chef von der Fremdenpolizei heiratet sie, weil das ist ganz eine Nette gewesen, dann hat es wieder geheißen, sie ist noch zu minderjährig für Ehe, jedenfalls war das Zimmer für den Brenner frei, im ersten Stock, direkt über der Pilotenkanzel.

Weil da hat sich einmal ein Architekt wirklich was einfallen lassen, und einen langen, nutzlosen Gang hinter dem *White Dog* haben sie detailgenau zu einem Flugzeug umgebaut, Sitze, Sauerstoff, und dann kommen die Flugbegleiterinnen und alles.

Das hat der Brenner schon alles gekannt, wie er sich mit dem Schmalzl an der Bar unterhalten hat, weil der Schmalzl absolut korrekt, hat dem noch vor dem ersten Gespräch alles gezeigt, das Flugzeug, das Schaumstofflabyrinth, das Aquarium, Besitzerstolz natürlich auch dabei. Aber zum Reden sind sie eben wieder vor in den Barteil, wo es nicht so stark nach Desinfektionsmittel gerochen hat.

Jetzt goldene Regel, wenn du etwas unbedingt haben willst, musst du immer so tun, als ob du es nicht haben willst. Das gilt im Zwischenmenschlichen, das gilt im Beruflichen, und das gilt erst recht im Detektivischen. Und gerade weil der Brenner auf diesen Job und dieses Zoriza-Zimmer so dringend angewiesen war, hat er ein bisschen grantig gefragt:

«Wieso mischst du dich überhaupt in diese Hundegeschichte ein? Die Polizei wird den Verrückten schon finden.»

Und ich muss auch sagen, das war ein gutes Argument. Im Nachhinein gesehen sogar ein sehr gutes. Weil ein Tierstadtrat muss das Ohr an der Bevölkerung haben, ist ganz klar, brauche ich gar nicht erklären, Selbstverständlichkeit. Jetzt interessante Frage, warum hat der Zuhälter Schmalzl auch das Ohr an der Bevölkerung? Wo man normalerweise sagt, Zuhälter eher nicht Ohr an der Bevölkerung, und Gemeinwohl nur sekundär. Besonders die kleinen Zuhälter sind meistens mehr an der Brutalität als am Gemeinwohl orientiert. Vielleicht der große Zuhälter, dass der sagt, ich will jetzt auch die gesellschaftliche dings erwerben, ein bisschen vom Rotlicht- ins Rotary-Milieu umsatteln, das gesamte Lebenswerk auf eine legale Basis stellen, Immobilie, Aktie, Fußballclub, Privatbank, Gebetskreis, diese Dinge, aber nicht mehr Schädeleinschlagen an der Tagesordnung, und wenn es schon einmal unbedingt sein muss, spendiert man der Witwe zumindest ein schönes Begräbnis, und da kann es durchaus sein, dass eben in dieser späteren Phase der große Zuhälter doch auch ein bisschen die Bevölkerung im Sinn hat.

Aber der Schmalzl ganz eine kleine Nummer, nur ein einziges Lokal, Swingerclub *White Dog* im 20. Bezirk, und wie kommt ausgerechnet der dazu, dass er sich ins Gemeinwohl einmischt.

«Es hat nichts damit zu tun, dass wir *White Dog* heißen», hat er dem Brenner mit seiner zu hohen Stimme erklärt. «Tiernarr in dem Sinn bin ich überhaupt keiner, ich habe ja mein Lokal nicht aus Tierliebe *White Dog* genannt.»

«Sondern weil *Black Cat* schon vergeben war», hat der Brenner gesagt.

Da hat man in den Augen vom Schmalzl den Respekt richtig aufblitzen gesehen. «Hast du das jetzt freihändig erraten? Oder hast du Erkundigungen –»

«*Black Cat* könnte allerdings auch auf Tierliebe schließen lassen», hat der Brenner seinen Gedanken freien Lauf gelassen.

Der Schmalzl hat blöd geschaut. Weil da ist die Natur oft wahnsinnig ungerecht, und es kann vorkommen, dass einer gar nicht blöd ist, aber die Augenstellung ist so, dass er leicht einmal blöd schaut, wenn er sich nur ein bisschen wundert. Der Schmalzl war alles andere als blöd, der war ein halber Professor. So viele Managerbücher, wie der in seinem Leben schon verschlungen hat, das glaubst du gar nicht. Der hat sogar sein eigenes Lebensmotto gehabt, pass auf: Zufall gibt es nicht!

Und oft, wenn die Wirtschaftsleute in das *White Dog* gekommen sind, die Bosse mit den ganz mageren Gesichtern, dann haben die sich gewundert, dass der Schmalzl schon die neuesten Sachen gelesen hat, die haben mit dem Schmalzl geredet und geredet über positiv denken, Menschenführung, der Löwe, die Gazelle, und nicht der Große frisst den Kleinen, nein, pass auf: der Schnelle den Langsamen.

Da haben die Nutten inzwischen das Strickzeug herausgeholt und ganze Skipullover mit Norwegermuster fertig gestrickt, so angeregt haben die Wirtschaftsmänner sich mit dem Schmalzl über die neueste Steuerphilosophie unterhalten.

Das war sogar ein bisschen ein Geheimtipp bei den Wiener Führungskräften, weil Zeit natürlich Geld, und für so einen müsste der Tag ja unbedingt achtundvierzig Stunden haben, damit er der Welt seinen Stempel aufdrücken kann. Der muss machen Meetings, Motivation, Repräsentation, Solarium und und und, da ist es wahnsinnig gefährlich, dass er mit der Weiterbildung hinten bleibt. Und schon sägen zehn an deinem Sessel, nur weil du dir den neuesten Erfolgsleitfaden noch nicht eingenäht hast.

Da war natürlich die kompakte Zusammenfassung beim Schmalzl Goldes Wert, weil er dauernd die neuesten Weisheiten so schön nachgeplappert hat wie der teuerste Papagei. In manchen Nächten hätte man schon auf die Idee kommen können, dass die Nutten im *White Dog* nur zur Tarnung da waren, quasi Anstandsdamen zur Wahrung des Gesichts für die Nachhilfeschüler vom Schmalzl. Damit es nicht so peinlich ist, dass ein Bankgeneral oder Mords-Holdingchef sich bei einem wie dem Schmalzl die Ezzes holt über die neuesten Erfindungen, Insidertipps, Sparbuch mit oder ohne Losungswort, New Economy, Old Economy, was ist da jetzt genau der Unterschied, Ewig-jung-Tricks, oder dass man schön Mitarbeiter sagen soll und nicht Putztrampel, dass da sofort der Profit persönlich danke sagt.

Und vielleicht war deshalb der Schmalzl jetzt ein bisschen ungehalten über den Brenner. Weil er es gewohnt war, dass seine Schüler, ich möchte nicht sagen, an seinen Lippen hängen, aber zumindest einen gewissen Respekt zeigen. Dass der Brenner kein Siegertier war, das hat der Schmalzl auf den ersten Blick erkannt, so zäh, wie der auf den unwichtigsten Dingen herumgeritten ist. Da ist Zeit verloren gegangen im Millionenwert.

Und der hat immer noch nicht nachgegeben: «Weil *Cat* ist ja in dem Sinn auch ein Tier», hat er versucht, dem Schmalzl seine Meinung aufzudrängen.

«Damit hat das überhaupt nichts zu tun», hat der Zuhälter seine Dauerwellen besserwisserisch geschüttelt. Er hat so fürchterliche hellblonde Locken gehabt, wo du in Amerika sofort Dollarmillionär bist, wenn du den Friseur verklagst, weil der Schmalzl regelrecht selber ein bisschen *White Dog*, sprich rund um den Kopf sind seine Löckchen gewabert, wie man es sonst nur auf den gewissen Hundeausstellungen sieht, wo die frisch frisierten Hunde auf den Laufsteg kommen.

«Ich mein ja nur», hat der Brenner immer noch nicht die Geduld verloren, «dass man von *Cat* genauso auf Tierliebe schließen könnte wie von *Dog*.»

«Damit hat das überhaupt nichts zu tun», hat der Schmalzl ganz ruhig gesagt, weil wenn du einen Untergebenen zu früh zusammenschreist, dann kann der andere glauben, dass du auf einer Ebene stehst, das wäre sogar bei den Todsünden von einem richtigen Manager dabei. «*Black Cat* ist klassisch!»

Da hat er Recht gehabt. Aber interessant. Oft, wenn jemand Recht hat, kommt die Unterhaltung auf einmal ins Stocken. Vorn auf der Bühne ist auch nicht viel in Schwung gekommen, da hat nicht einmal die gute Musik was genützt. Zwei ältere Herren haben sich gegenseitig ihre blutjungen Gattinnen überlassen, und da dürfte jeder den anderen im Verdacht gehabt haben, dass das gar nicht dem seine Gattin ist, und dann ist natürlich die ganze Romantik beim Teufel. Zugeschaut hat ihnen auch keiner, weil am einzigen besetzten Tisch haben die Kartenspieler so dicke Geldpakete hin- und hergeschoben, dass sie mehr ins Schwitzen gekommen sind als die Pärchen auf der Bühne. Weil Kartenspielen wird nie langweilig, jetzt haben die nackten Männer von der Bühne herunter den Kartenspielern zugeschaut, ich glaube, die waren nur zu schüchtern, um zu sagen, dass sie gern mitspielen würden.

«Am Nachmittag ist bei uns nie viel los», hat der Schmalzl erklärt.

Der Brenner hat überlegt, was er darauf antworten könnte, eine gute Meldung, die ihm beim Schmalzl ein bisschen Respekt einbringt. Aber ihm ist nichts eingefallen, und dann war er richtig froh, dass wieder einmal der weiße Hund mit dem singenden Handy dahergestürmt ist.

Während der Schmalzl telefoniert hat, ist der Hund schön in Handy-Wartestellung geblieben. Der war so gut abgerichtet, dass er fast noch ruhiger gestanden ist als sein ausgestopfter Kollege, der brav neben der Kaffeemaschine gestanden ist und optimistisch in die Zukunft geblickt hat, *positive thinking* nichts dagegen. Beim einen war es das Ausgestopfte, beim anderen war es die Erziehung, aber der Effekt genau der gleiche. Und der Gehorsam war bei ihm absolut echt, oben auf der Bühne nur gespielt, und so was merkst du natürlich sofort, und dann ist es nichts, das zerstört den ganzen Zauber.

Der Brenner ist dafür immer unruhiger geworden. Ihm ist vorgekommen, der Schmalzl telefoniert eine halbe Stunde, inzwischen hat er die Kartenspieler schon mit geschlossenen Augen unterscheiden können, nur an dem Geräusch, wie sie die Karten auf den Tisch geschnalzt haben. Und so geht es im Leben, ausgerechnet die Kartenspieler haben den Brenner dann doch noch auf einen Gedanken gebracht, mit dem er den Schmalzl beeindruckt hat.

«‹Schwarze Katze› ist ja auch ein Spiel», hat der Brenner zum

Kartentisch hinüber gedeutet, während der Schmalzl endlich sein Handy dem Hund zurückgegeben hat.

Und der Schmalzl ganz aufgelöst vor Begeisterung: «Darum ist es ja so ein guter Name für ein Lokal! Ein Spiel und ein Tier! In jeder Stadt gibt es ein *Black Cat*, ob du nimmst London, ob du nimmst Paris.»

Der Schmalzl hat nie gelächelt, immer ernst geschaut, quasi männlich. Aber wenn du natürlich «Paris» sagst, dann sieht man beim «i» deine Schneidezähne, auch wenn du in deinem ganzen Leben nicht lächelst. Da sind die «i»-Laute ja wahnsinnig gefährlich. «London» überhaupt kein Problem, «New York» auch kein Problem, aber «Paris» ist in der Hinsicht verhext. Jetzt ist dem Brenner aufgefallen, dass der Schmalzl eine ganze Reihe blitzsauberer Kronen im Mund gehabt hat, aber keinen eigenen Zahn weit und breit.

Das ist eben der Eintrittspreis, da gibt es oft brutale Rivalitäten zwischen den kleinen Zuhältern, das ist ja nicht wie bei den großen, wo man sich zusammenredet, schlimmstenfalls lässt der große Zuhälter in seiner Zeitung ein bisschen kritisch über den Rivalen berichten, aber er schlägt ihm deshalb nicht die Zähne aus, so was macht man nicht, ist auch eine Frage der Erziehung. Und der Bildung. Ich sage immer: Erziehung und Bildung, beides sehr wichtig, und der Schmalzl hat sich eben mit seinen Manager-Ratgebern hinaufrackern wollen in diesen Bereich, wo man die Zähne behalten darf.

«In Wien haben wir natürlich auch unser *Black Cat*, ist zwar eine Bar und kein Club, aber ich wollte mir keine Schwierigkeiten einhandeln.»

«Schwierigkeiten» ist auch so ein Wort, wo man die Zahnkronen gut sieht, jetzt hat der Brenner sofort begriffen, was der Schmalzl mit Schwierigkeiten meint.

«Zuerst hab ich mir gedacht, nehme ich statt *Black Cat* eben *White Cat*, weil heute lassen sich ja die Puppen gern blondieren, nicht nur am Kopf, verstehst du, und da passt dann *White Cat* auch wieder, in dem Sinn.»

«Sogar besser, weil es zeitgemäßer ist.»

«Damit hat das überhaupt nichts zu tun.»

Der Brenner hat sich langsam gefragt, was nach Meinung vom Schmalzl etwas miteinander zu tun hat.

«Aber *White Cat* hat es auch schon gegeben», hat der Schmalzl geseufzt.

«Und *Red Cat*?»

«*Red Cat* hat mir nicht gefallen. Und *Blue Cat* hat wieder das andere Problem gehabt, dass man kein Tier haben kann.»

Der Brenner muss ein bisschen fragend geschaut haben, weil der Schmalzl hat jetzt auf den ausgestopften Hund neben sich gedeutet.

«Hast du schon einmal irgendwo ein Tier mit einem blauen Fell gesehen?»

«Ich hab geglaubt, es hat nichts mit Tieren zu tun?»

«Schau», hat der Schmalzl angefangen wie ein genervter Nachhilfelehrer, «im *Black Cat* in der Heinestraße unten haben sie ja wirklich eine schwarze Katze. Die streunt da immer ein bisschen herum, und das ist so eine Art Markenzeichen.» Und jetzt hat der Schmalzl seine Zahnkronen gezeigt, obwohl dann gar kein «i» gekommen ist, sondern reine Begeisterung, wie er gesagt hat: «Ein lebendes Markenzeichen. Das gefällt der Kunde. Das kann sie streicheln und kraulen, und nächstes Mal kommt die Kunde gerne wieder.»

Weil da gibt es auf der ganzen Welt die Geheimsprachen, und in Wien bist du erst bei den richtigen Geschäftskreisen dabei, wenn du «die Kunde» sagst. Früher immer das ewige

Problem, «der Kunde» ist ein schönes Wort, «die Kundschaft» auch ein schönes Wort, jetzt was machen wir da, und in so einem Fall Kompromiss immer die beste Lösung, sprich: «die Kunde».

Der Brenner hat das natürlich nicht so wissen können, er war ja aus Puntigam, wo das Bier her kommt, jetzt hat er sich gewundert, dass der Schmalzl «die Kunde» sagt, obwohl in seinem Geschäft doch vor allem *der* Kunde eine Rolle gespielt hat. Und da sieht man wieder einmal, wie man sich die Sachen oft falsch zusammenreimt, weil der Brenner hat jetzt überlegt: Vielleicht will ein Zuhälter, dass alles mit «die» geht, was er über den Tisch zieht.

«Heute bin ich froh, dass wir *Dog* und nicht *Cat* heißen. Das ist eine Sympathie, wie sie eine Katze bei der Kunde gar nicht auslösen kann.»

Der Brenner wäre neugierig gewesen, woran der ausgestopfte Hund gestorben ist, quasi totes Markenzeichen. Er hat sich aber gedacht, ich werde es früh genug erfahren. Für Altersschwäche hat er irgendwie noch zu jung ausgesehen. Aber da kann man sich ja wahnsinnig täuschen, zum Beispiel die zwei Männer vorne auf der Bühne haben für Altersschwäche wieder leicht alt genug ausgesehen, und was machen sie? Treiben sich in so einem Club herum, furchtbar, wenn du mich fragst.

«Wirtschaftspsychologie!», hat der Schmalzl gesagt, «da gibt es Bücher, das glaubst du gar nicht.»

«Bei der Polizei haben wir auch psychologische Weiterbildung gehabt.»

Unter uns gesagt, da war der Brenner sogar bei den Besseren dabei, der hat beim psychologischen Seminar nicht in jedem Tintenklecks eine nackte Frau gesehen wie seine Kollegen, sondern der hat auch einmal eine angezogene Frau gesehen, eine Pistole, alles Mögliche.

«Polizeipsychologie?» Der Schmalzl hat ihn nachdenklich angeschaut: «Damit hat das überhaupt nichts zu tun.»

Und er hat dem Brenner jetzt erklärt, dass in seinem Lieblingsbuch die ganze Theorie mit einem Witz erklärt wird. Wo der Ehemann zur Ehefrau sagt, lass es uns doch einmal wie die Tiere machen, kennst du bestimmt. Der Brenner hat ihn aber noch nicht gekannt, und wie er jetzt als Antwort auf die Frage vom Schmalzl, ob er den kennt, den Kopf schüttelt, sagt der Schmalzl:

«Also, pass auf, da war ein Ehepaar seit ein paar Jahren verheiratet, und auf einmal sagt er: Lass es uns doch einmal wie die Tiere machen!»

Der Brenner hat sich noch gewundert über diese vornehme Formulierung, die der Schmalzl da verwendet hat, quasi: Lass es uns machen, so hat der Schmalzl normalerweise nicht geredet, Managerbücher hin oder her.

«Nein!», hat der Schmalzl ein bisschen die Stimme der Frau nachgemacht, dabei hat der sowieso selber schon eine zu hohe Stimme gehabt, «nein, kommt überhaupt nicht infrage, du perverser Kerl.»

Das war etwas, was der Schmalzl auch aus seinen Erfolgsleitfäden gelernt hat. Dass eine gewisse private Verbrüderung mit seinem Klienten nie ein Fehler ist, praktisch von Mann zu Mann, und ein Witz kann nie schaden. Die Verbrüderung nach innen und die Imagepflege nach außen, sprich Ohr an der Bevölkerung, und wir bringen auf eigene Kosten den Hundekeks-Attentäter zur Strecke. Weil da hat er in der Brigittenau noch ein bisschen Aufholbedarf gehabt, die Nachbarn waren nicht begeistert, wie der Schmalzl vor einem Jahr das *White Dog* aufgemacht hat. Sie haben ja in ihrer Straße schon ein Tierheim gehabt, da waren sie eigentlich gestraft genug.

«Am nächsten Tag sagt der Mann zu seiner Frau», sagt der Schmalzl wieder mit seiner normalen, nur ein bisschen zu hohen Stimme zum Brenner, «lass es uns doch einmal wie die Tiere machen!» Und dann wieder mit der noch höheren Stimme: «Nein, kommt nicht infrage, such dir einen Psychiater.»

Der Brenner ist jetzt auch ein bisschen unwillig geworden, erstens hat er Witze sowieso nicht recht leiden können, und dann ist ihm noch eingefallen, dass er den doch schon einmal gehört hat. Nur dass damals der Erzähler nicht eine halbe Stunde dafür gebraucht hat und nicht so eine hohe Stimme gehabt hat, obwohl er eine Frau war.

Da ist der Brenner mitten im Witz-Anhören direkt ein bisschen ins Grübeln gekommen. Ob er nicht doch auch ohne den Schmalzl als Auftraggeber und Zimmervermieter seine privaten Wien-Pläne über die Bühne bringen könnte, oder eventuell sogar die privaten Pläne ganz sausen lassen, zurück ins SoHo nach Innsbruck, sprich Souvenir Hollinger, wo er sich die letzten paar Monate als Kaufhausdetektiv über Wasser gehalten hat. Schlechter als Hundekekse war das auch nicht, nur der Föhn hat ihn an den Rand des Wahnsinns gebracht. Und womöglich hat ihm ja auch der Innsbrucker Föhn diese privaten Pläne eingesagt.

Kaufhausdetektiv oder Hundekekse, das war im Grunde die Wahl, die der Brenner gehabt hat. Ich muss ganz ehrlich sagen, in die Detektivzeitung kommst du mit dem einen und mit dem anderen Job nicht. Weil da haben sie eine ganz gute Detektivzeitung gehabt, die DZ, und vor einem halben Jahr haben sie sogar einmal beim Brenner angerufen, sie haben wissen wollen, welches Sternzeichen er ist, aber das war dann nicht namentlich genannt, sondern nur Statistik, ob du es glaubst oder nicht, zehn Prozent aller österreichischen Detektive Waage, zwölf Prozent Schütze, neun Prozent Wassermann.

«Am nächsten Tag dann sagt der Mann zu seiner Frau zum dritten Mal», hat der Schmalzl ihn aus seinen Gedanken gerissen, «lass es uns doch einmal wie die Tiere machen.»

«Wie die Hunde!», hat der Brenner ihn unterbrochen. «Es muss heißen: Lass es uns doch einmal wie die Hunde machen. Sonst kann ja die Frau am Schluss nicht sagen –»

Und in dem Moment geht das Handy vom Schmalzl ab, Luftkriegssirene nichts dagegen, nur eben nicht Sirene, sondern Melodie. Ich persönlich könnte ja die Leute umbringen, die ihr Handy so laut eingestellt haben. Den Brenner hat es aber nicht genervt, sonst schon, aber in dem Fall war er froh, dass der Schmalzl bei seinem Witz unterbrochen worden ist, weil ihm der Argentino das Handy hingehalten hat.

«Wie heißt der Hund eigentlich?», hat er den Schmalzl noch schnell gefragt.

«Evita.»

«Evita?»

«Ja, darum hab ich ja auch das Lied auf dem Handy», hat der Schmalzl erklärt. «*Don't cry for me, Argentino*. Das muss bei mir alles seine *corpory identity* haben.»

Die Evita hat dem Schmalzl das singende Handy gereicht, wirklich ganz ein lieber Hund ist das gewesen, aber wahnsinnig starke Halsmuskeln haben unter dem Goldkettchen gezuckt, und der Brenner hat sich jetzt gefragt, ob der andere Hund deshalb nicht mehr am Leben war, weil ihn womöglich die Evita ein bisschen zu fest in den Nacken gezwickt hat.

«Schmalzl?»

Sonst hat der Schmalzl nichts ins Handy gesagt. Nicht einmal «Ja», oder «Mhm», kein Wort, er hat nur zugehört. Zwei, drei Minuten lang. Das musst du dir einmal vorstellen, wie blass ein Mensch ist, der zwei, drei Minuten lang ununterbrochen blasser wird. Und damit er besser versteht, hat er mitten im Telefonat sogar die Musik im *White Dog* abgedreht. Das war vorne auf der Bühne natürlich der endgültige Stimmungskiller, frage nicht.

Nicht einmal zum Beenden des Gesprächs hat der Schmalzl ein Wort gesagt. Da hat der Brenner noch geglaubt, das ist eben wieder die zuhälterische Wortkargheit. Wortlos hat er das Handy in die Besteckschublade gelegt. Und das hätte den Brenner natürlich schon stutzig machen müssen, dass er es in die Schublade legt und nicht der Evita zurückgibt.

Und aus der Schublade hat er so eine silberne Automatikwaffe genommen, weil Besteck haben sie nicht viel gebraucht im *White Dog*, ein paar Löffelchen für die Drinks, das war alles, jetzt hat die Automatikwaffe noch schön Platz gehabt. Eine russische, nicht registriert, die ist einmal von einem Lastwagen gefallen, und der Schmalzl ist zufällig gerade vorbeigekommen.

Die Evita hat ein bisschen traurig geschaut, dass sie das Handy nicht zurückkriegt, aber nicht gebellt. Die Evita war eins a abgerichtet. Der Brenner wirklich alles andere als ein Hundenarr, das muss ich laut und deutlich sagen. Aber die Evita hat ihm gefallen.

Vielleicht ist ihm das auch nur im Nachhinein so vorgekommen. Weil das ist schon ein bisschen in seiner Natur gelegen, immer Mitleid mit den Benachteiligten. Und du darfst eines nicht vergessen. Der Schmalzl hat mit seiner silbernen Automatikwaffe auf die Evita gezeigt, so wie vielleicht ein Kind mit der Spielzeugpistole auf einen Hund zeigt, und bevor der

Brenner und die Evita auch nur Zeit zum Erschrecken gehabt hätten, hat er abgedrückt, so wie vielleicht ein Kind mit der Wasserpistole einen Hund anspritzt, nur hat er sie eben nicht angespritzt, sondern, also man muss schon fast sagen, durchsiebt.

Wie das Magazin endlich leer war, ist es auf einmal sehr still geworden. Nicht einmal die Kartenspieler haben mehr Karten auf den Tisch geschnalzt. Und von der Bühne haben sie nur mehr heruntergestarrt, das war heute eine verkehrte Welt im *White Dog*. Dann hat wieder das Handy in der Besteckschublade geläutet. Oder besser gesagt, die Melodie. *Don't cry for me, Argentino.*

Aber der Schmalzl hat nicht reagiert. Der Brenner hat den Eindruck gehabt, dass der Schmalzl nicht recht begreift, warum ihm die Evita sein Telefon nicht bringt.

Und nur damit irgendwas gesagt wird, hat der Brenner gefragt: «Schlechte Nachrichten?»

Und der Schmalzl hat vollkommen verständnislos die Sauerei betrachtet, die er angerichtet hat, und mit seiner ein bisschen zu hohen Stimme gesagt: «Damit hat das überhaupt nichts zu tun.»

Drei

Jetzt wieder das mit der Gleichzeitigkeit. Das Besondere an Sachen ist meistens nicht die Sache an sich. Oft wird es erst haarig, wenn zwei Sachen zusammenkommen. Du gehst bei Rot über die Kreuzung, keine besondere Sache. Aber wenn genau gleichzeitig ein besoffener Reisebus-Chauffeur mit 150 um die Kurve biegt, besondere Sache.

Du wirst sagen, so ein Zufall ist das auch wieder nicht, dass der Schmalzl genau gleichzeitig mit dem Brenner über die Hundekekse geredet hat, wo der Tierstadtrat im Augarten seine Rede vor den Tierliebhabern geschwungen hat. Da sind ja in Wien noch hunderttausend andere Dinge gleichzeitig passiert, da hat der Schustergeselle seine Schuhe genäht, da hat der Arbeitslose seinen Fernseher lauter gestellt, da hat der Schülerlotse mit der Kelle gewinkt, da hat der Bundespräsident sich gekratzt, und und und! Vollkommen richtig, aber pass auf, was ich dir sage.

Der Tierstadtrat ist mit seiner Rede viel schneller fertig gewesen als der Schmalzl mit seinen Erklärungen. Während der Schmalzl sich mit dem Brenner unterhalten hat und die Evita noch ganz süß durch das *White Dog* gehuscht ist, ist im Augarten schon wieder langsam Normalzustand eingetreten. Da und dort vielleicht ein Pensionistenhäufchen, das sich über die ideale Polizeimethode unterhalten hat, vielleicht ein bisschen auf der rabiateren Seite, das kann schon sein, aber früher oder später versteht der Schwerhörigste das geheimnisvolle Flüstern der Bäume: Schau, dass du heimkommst zu deinem Fernseher.

Die Spielplätze heute sowieso leer, weil wenn die Hundebesitzer anmarschieren, trauen sich die Eltern nicht aus dem Haus. Da sind ja unsere Eltern nicht so dumm, dass sie die Zusammenstöße extra provozieren, sondern eben Zurückhaltung, und machen wir es nicht wie in Irland oben, wo die einen unbedingt aus dem Haus gehen müssen, wenn die anderen ihren Feiertag haben.

Jetzt war der Augarten mitten am Nachmittag auf einmal so menschenleer, dass das Seelische seinen großen Auftritt gehabt hat, frage nicht. Es ist so ruhig geworden, dass man nur noch die Bewässerungsanlage gehört hat und die Blätter, die der Föhn gebeutelt hat, und die Krähen. Weil die sind zu Tausenden in schwarzen Wolken vom Flakturm hochgestiegen, das hätte man jetzt schon als schlechtes Vorzeichen werten können, wenn man abergläubisch gewesen wäre.

Abergläubisch und pessimistisch. Aber die Manu Prodinger natürlich das Gegenteil von abergläubisch und pessimistisch. Der hat das Positive regelrecht bei den Augen herausgeschaut, und vor lauter Freude über die vielen Spenden hat sie mitten im Stand-Abbauen zum Horsti gesagt: «Schau, ein Schmetterling!»

«Schau, die Manu Prodinger!», hat der Schmetterling mit einer ganz dünnen Stimme gesagt.

Der Horsti hat angefressen den Informationsstand mit der Aufschrift «Tierfamilie» zusammengepackt, und der Schmetterling, der davongeflattert ist, hat noch einmal gesagt:

«Schau, die Manu Prodinger!»

Die Manu hat nur den Kopf geschüttelt. Sonst war der Horsti die Liebenswürdigkeit in Person, aber heute schon den ganzen Tag so kindisch, und jetzt hat er auch noch für den Schmetterling den Bauchredner spielen müssen.

Ich möchte ein gutes Wort für den Horsti einlegen. Seit Monaten ist er Spenden sammeln gegangen, Schwedenplatz, Kärntnerstraße, Mariahilfer Straße, überall, und die Manu immer nur an der Arbeit interessiert, nie am Horsti. Die hat ihn schon ganz schön leiden lassen, das muss ich zugeben. Weil zwischendurch, wenn er resigniert hat und der Manu gar zu still geworden ist, hat sie den Horsti immer wieder ein bisschen gelockt, aber dann sofort wieder: Kollegen brauchen Grenzen, und eigentlich interessiere ich mich nur für Schmetterlinge. Ich muss noch einmal betonen, über die Manu lasse ich nichts kommen, aber da könnte man manchmal schon Aggressionen kriegen, wenn man so einem Luder zu lange zuschaut. Jetzt ist der Horsti eben langsam in die kindische Phase gekommen, sprich Schmetterlingsstimme.

Dabei war der Horsti ein Mann, nach dem sich die alten Damen im Augarten umgedreht haben. Fast zwei Meter groß und ein kantiges Gesicht, Siegfried von der Vogelweide nichts dagegen.

Und ich muss sogar sagen, bei aller Liebe zur Manu, das Rot der Tierfamilie-Uniformen ist ihm besser gestanden als ihr. Knallrot ist ja eine Farbe, die nicht jedem passt. Der Stand war im selben Rot lackiert, so ein kleiner tragbarer Kiosk ist das gewesen, eigentlich ein besserer Bauchladen, aber eben die Gestaltung hoch professionell, genau dasselbe Rot wie die Windjacken, genau derselbe weiße Schriftzug «Tierfamilie». Und sogar die Informationsbroschüren, die sie dort aufliegen gehabt haben, dasselbe Rot, und überall das Firmenmotto drauf: «Familie ist das Wichtigste.»

Da hat wirklich eins zum anderen gepasst, und der Horsti

und die Manu haben auch ideal zusammengepasst. Das war ja gerade ihr Erfolgsrezept. Der Horsti für die alten Damen, die Manu für die alten Deppen. Aber der Horsti leider nicht professionell genug, und der hat es unbedingt kompliziert machen müssen.

Heute hat er die Manu sogar ihren Teil vom Stand tragen lassen, also er die Platten, sie das Gestell. Weil sonst der Horsti immer Packesel, aber heute den ganzen Weg vom Augarten bis zum Schwedenplatz: Trag deinen Krempel selber. Leider hat ihr das gar nichts ausgemacht, die Manu ein unkompliziertes Mädchen wie aus dem Bilderbuch, von diesem Kärntner See, wo die ganzen unkomplizierten Mädchen herkommen. Wirtschaft und Sport hat die studiert, sprich Snowboard, Skateboard, Surfboard, überall eins a, und überall ein unglücklich verliebter Trainer, den die Manu an den Rand des Muskelschwundes getrieben hat.

Später hat dann der Brenner immer so Probleme gehabt mit dem Namen Manu Prodinger. Du wirst sagen, Prodinger an und für sich normaler österreichischer Name, schön mit dem «er» hinten dran wie bei Brenner, und das ist natürlich ganz richtig, aber am «Prodinger» hat das Sprachgefühl vom Brenner sich ja auch nicht gestoßen, sondern eben am «Manu», quasi Manuela. Da ist der Brenner heikel gewesen, Manu und Prodinger, das ist für ihn einfach nicht zusammengegangen. Das hat natürlich auch viel damit zu tun gehabt, dass er den Namen zum ersten Mal aus dem Mund vom Schmalzl gehört hat, nachdem der die Evita mit der Automatikwaffe.

Aber so weit sind wir jetzt noch lange nicht, pass auf. Da hat der Schmalzl noch nicht einmal mit seinem Witz angefangen, wie der Tierfamilie-Stand am Schwedenplatz schon wieder komplett aufgebaut war.

Am Schwedenplatz war die Manu wieder einmal in Hochform. An der ist kein Hund vorbeigekommen, ohne dass sie sich auf ihn gestürzt und ihn abgeknutscht hat. Diese Methode hat gezogen, frage nicht. Und heute war sie besonders ehrgeizig, weil der Horsti bei den alten Damen im Augarten so gut angekommen ist. Obwohl man ja ganz ehrlich zugeben muss, dass das kein Vergleich war, weil bei den alten Damen ist bald einmal ein Spendensammler gut. Wenn du bei den Alten nicht gut bist, kannst du es gleich aufgeben.

Sie hat dem Horsti einfach zeigen müssen, wer der Chef ist. Da ist keine halbe Minute vergangen, und sie hat schon ihre erste männliche Unterschrift gehabt, das ist dann später alles ganz genau eruiert worden. Und der nächste Kandidat war dann eben schon der Immobilienheini.

Der Horsti hat wieder einmal zuschauen dürfen, wie die Manu den nach allen Regeln der Kunst eingewickelt hat, das dürfte ungefähr der Moment gewesen sein, wo der Schmalzl im *White Dog* mit dem Witz angefangen hat. Die Manu hat den Immobilienheini so nervös gemacht, das glaubst du gar nicht. Da hat nicht viel gefehlt, und die Metallplättchen auf seinen Maßschuhen hätten zu klappern angefangen, Fred Astaire nichts dagegen. Weil wenn die Manu so richtig in Form war, dann hat sie sogar die Stärke ihres Kärntner Dialekts ganz genau auf ihr Gegenüber eingestellt, einmal mehr rustikal, einmal mehr Volltussi, je nach Schnösel. Ich muss ganz ehrlich sagen, das war schon eine Kunst bei der Manu.

Aber deshalb hat der Horsti natürlich nicht den Schmalzl angerufen. Da hätte er sich ja vollkommen lächerlich gemacht vor dem Schmalzl und vor der Manu. Das dürfte jetzt ungefähr der Moment gewesen sein, wo der Schmalzl im *White Dog* zum ersten Mal seine sowieso schon zu hohe Stimme noch ein bisschen höher gestellt und gesagt hat: «Nein, kommt nicht infrage, du perverser Kerl!»

Stimmt schon, viel Zeit ist dann nicht mehr vergangen. Zuerst sagt die Manu noch dem Immobilienheini ihre Handynummer an, quasi letzte Worte. Da wird auf einmal dem sein Hund ganz nervös. Irgendwas nicht ganz in Ordnung. Also Rasse vollkommen in Ordnung, da gibt es gar nichts, der war rassisch eins a. Da könntest du dir ja als Immobilienheini gar nichts anderes leisten. Aber das Verhalten nicht ganz in Ordnung. Dass das Herrchen bei der Manu kribbelig geworden ist, war normal. Aber jetzt der Hund kribbelig. Deshalb hat der Horsti natürlich noch nicht den Schmalzl angerufen.

Pass auf. Die Manu war so mit dem Ansagen ihrer Handynummer beschäftigt, und er war so mit dem Eintippen beschäftigt, dann hat er sich vor lauter Aufregung noch ein paar Mal vertippt, fürchterlich, dass sie beide es einfach nicht bemerkt haben, wie der Hund alle Zustände kriegt. Natürlich, wenn du so gut abgerichtet bist, dann zeigst du es nicht so, das ist ja bei den gut abgerichteten Menschen auch oft ein Problem, zuerst zeigen sie es nicht so und dann gleich Amok. Aber der Immobilienhund nicht Amok, der hat sich wahnsinnig zusammengerissen.

Dem Horsti ist es aus der Entfernung schon aufgefallen, dass der Immobilienhund komisch tut, aber er hat lieber nichts gesagt. Dann heißt es wieder, er hat nur stören wollen. Im Nachhinein kann man leicht sagen, damit hätte er der Manu das Leben gerettet, aber das hat ja zu dem Zeitpunkt noch kein Mensch wissen können.

Der Horsti hat ja noch nichts gesehen. Die Manu nichts gesehen, der Immobilienheini nichts gesehen. Aber ein Hund wittert natürlich lange, bevor der Mensch etwas sieht. Jetzt was wittert er? Oder besser gesagt, wen.

Das dürfte ziemlich genau der Moment gewesen sein, wo der Schmalzl im *White Dog* zum dritten Mal seine Stimme höher gestellt hat. Da hat der Horsti ihn natürlich auch gesehen. Wie er hinter der U-Bahn-Station hervorgeschossen ist. Weiß und elegant. Aber der Horsti ganz paralysiert, nur geglotzt. Der Immobilienhund auch ganz paralysiert. Weil natürlich so ein Argentino, zweieinhalbmal so starke Gebissmuskulatur wie ein Rottweiler. Und dann erst der Schläfenmuskel. Du musst wissen, wichtigster Muskel für das Zuschnappen ist natürlich der Schläfenmuskel. Den sieht man ja so schön am Hinterkopf arbeiten, wenn ein Hund zuschnappt. Darum heißt der Schläfenmuskel ja auch Schnappmuskel. Da ist der Kaumuskel im Grunde nur die Draufgabe.

Gezittert hat er schon, der Immobilienhund. Weil der Immobilienhund klein, der Argentino groß, dann kriegst du als kleiner Hund natürlich die Gänsehaut, wenn du witterst, der Große ist nicht gut aufgelegt. Gezittert und Gänsehaut, aber nicht gebellt. Der war zu gut erzogen. Bei Fuß und alles. Und der Horsti hat auch nichts gesagt, weil auch zu gut erzogen. Es ist einfach alles zu schnell gegangen. Wie ein Strich fetzt der Argentino herüber, in null Komma nichts ist er bei der Manu, und die Manu bückt sich automatisch hinunter, auch sehr edle Bewegungen, und umarmt ihn. Das war schon so ein Reflex bei der Manu, immer jeden Hund umarmen, weil irgendwo wird mich das Herrchen schon beobachten, und dann Unterschrift. Aber du darfst eines nicht vergessen. Die Manu den Umarmungsreflex, der Hund den Beutereflex.

Pass auf. Die Manu bückt sich hinunter, umarmt den Argentino und küsst ihn auf den Hals. Und was macht der

Hund? Umarmt die Manu auch und küsst sie auch auf den Hals. Oder sagen wir einmal so. Beißt ihr mit einem einzigen Biss die Gurgel durch.

Du sagst natürlich ganz richtig, der eine oder andere Börsenzampano wird auch solche Träume gehabt haben, wenn er der Manu in seinem Dienstcabrio die Landschaft gezeigt hat. Aber das ist für mich überhaupt kein Trost. Weil man träumt es normalerweise nur und tut es dann doch nicht. Das ist ein großer Unterschied. Und der schneeweiße Argentino hat es eben getan.

Während der Hund wieder hinter der U-Bahn-Station verschwunden ist, ist der Horsti zur Manu hingestürzt. Aber der Argentino hat so gearbeitet, da hat er gleich gesehen, es ist sinnlos, dass er noch die Rettung ruft.

Und deshalb hat er dann gleich beim Schmalzl angerufen. Der Schmalzl hat nicht viel gesagt, aber das war bei dem nichts Besonderes. Dass es ihm näher gegangen ist, als er zugeben wollte, hat man nicht an seiner Schweigsamkeit erkannt, sondern daran, dass er sein Handy einfach in die Schublade gelegt hat, ohne aufzulegen. Für einen, der so viel mit dem Handy telefoniert, ist das schon auffällig, dass er nicht auflegt.

Jetzt hat der Horsti noch am Telefon mitgehört, wie der Schmalzl seinen eigenen Argentino. Praktisch Vergeltungsschlag. Ich muss sagen, die Manu hat das auch nicht mehr lebendig gemacht. Aber für den Schmalzl war es eben die natürliche Reaktion. Weil so viele Argentinos gibt es nicht in Wien, eine sehr seltene Rasse, und deshalb hat er sich fast sicher sein können, dass es sich bei der Evita um eine zumindest ferne Verwandte handeln muss.

Da war der Schmalzl ein ausgesprochener Familienmensch, und Motto, Familie ist das Wichtigste. Das war eben kein Zufall, dass er seine Spendenkeilerfirma «Tierfamilie» genannt hat. Das war ja sowieso das Credo vom Schmalzl: Ohne den emotionalen Mehrwert kannst du brausen gehen. Und wenn dir heute wer deine beste Spendenkeilerin umbringt, dann musst du natürlich auch den emotionalen Mehrwert ins Spiel bringen, sprich, sofort wen von der gegnerischen Familie büßen lassen. Dann ist der Schmerz gelindert, und deine Ehre hast du auch wieder hergestellt.

Und positiver Nebeneffekt. Der neue Detektiv, der sowieso ein bisschen schwer von Begriff war, hat auch gewusst, woher der Wind weht.

vier

Das ist jetzt wirklich interessant. Normalerweise ist ein Detektiv ein Mensch, der eine Sache gründlich untersucht. Jetzt war es beim Brenner wieder einmal umgekehrt, und statt dass er untersucht hätte, ist er untersucht worden. Herz, Leber, Niere, Galle, Bewegungsapparat. Weil zwei Tage nachdem die Evita ums Leben gekommen ist, hat er seinen Termin beim Amtsarzt gehabt.

Jetzt, warum Amtsarzt? An sich hat uns das nichts anzugehen, weil Privatsphäre gilt nach meiner Auffassung auch für einen Detektiv. Aber andererseits, es haben sich dann die Ereignisse sowieso derart überschlagen, dass es auf solche Kleinigkeiten nicht mehr ankommt.

Und warum soll man auch so ein großes Geheimnis daraus machen. Natürlich, Krankheiten sind Privatsache, da führt kein Weg daran vorbei. Aber um eine Krankheit in dem Sinn hat es sich ja gar nicht gehandelt, ich möchte fast sagen: ganz im Gegenteil. Pass auf, das war so. Der Brenner hat jetzt seinen runden Geburtstag schon hinter sich gehabt. Und da haben sich eben diese Gedanken eingeschlichen, neunzehn Jahre Polizei gewesen, dann die Detektivjahre auch nicht so, dass man sagen muss, glanzvoller geht es nicht, und dann hat er zufällig einmal im Innsbrucker SoHo, Souvenir Hollinger, wo er einen guten Posten als Kaufhausdetektiv gehabt hat, einen Gesprächsfetzen aufgefangen. Frühpension. Sonst nichts. Nur: Frühpension.

Das meiste, was man in einem Kaufhaus so hört, vergisst man natürlich, ich muss sagen, Gott sei Dank, weil sonst wären wir alle miteinander schon lange verrückt. Jetzt, warum vergisst der Kaufhausdetektiv, der mit den Wandernadel- und Muranoglas-Dieben an sich genug beschäftigt war, ausgerechnet diesen Gesprächsfetzen nicht. Frühpension. Nicht nur das Wort, das kennt jeder Mensch, sondern die Stimme, den Tonfall, das hat ihm noch Tage und Wochen im Kopf geklungen, und obwohl er von der Kundin nur das eine Wort aufgeschnappt hat, ist ihm manchmal beim Einschlafen vorgekommen, er hört sie den ganzen Satz sagen: «Jetzt suche ich um Frühpension an.»

Du ahnst es natürlich schon, aber bei den anderen Leuten hat man leicht ahnen. Bei sich selber ahnen, das wäre die Kunst. Da muss ich den Brenner in Schutz nehmen, weil das gilt weltweit, bei den anderen Leuten groß ahnen, aber bei sich selber, da ist der Mensch vernagelt. Jetzt hat der Brenner Wochen und Monate immer wieder einmal darüber nachgedacht, warum ihm das Wort Frühpension nicht aus dem Kopf geht, bis er dann sogar mit einer Kassierin aus dem SoHo darüber geredet hat.

Den Fünfziger hab ich auch schon hinter mir, hat er ihr erzählt, neunzehn Jahre Polizei, dann in den letzten Jahren auch immer brav eingezahlt in die Detektivkassa. Polizeischule und Bundesheer zählen auch, Arbeitslose zählt auch, jetzt hab ich schon dreißig Jahre und eine Woche, und seit kurzem plagt mich dieser Ohrwurm, wo eine Stimme sagt: Frühpension.

Die Kassierin hat nicht lange nachgedacht, sondern weibliche Intuition eins a, hat die natürlich mitten ins Schwarze getroffen: Vielleicht möchtest du in Frühpension gehen. Natürlich nicht, ist der Brenner regelrecht aufgebraust, weil jung und kerngesund, ja was glaubst du. Er ist dann sogar, obwohl er vorher nie die geringsten Absichten gehabt hat, mit ihr heimgegangen, weil er auf einmal geglaubt hat, er muss weiß Gott was beweisen, quasi jugendliche Umtriebe.

Aber in den nächsten Tagen und Wochen hat es ihn dann doch immer wieder eingeholt: Vielleicht hat sie nicht vollkommen Unrecht gehabt. Und vor allem hat es ihm keine Ruhe gelassen, wie das Tiroler Mädchen seinen Einwand, dass er kerngesund ist, in den Wind geschlagen hat. Weil die hat ohne mit der Wimper zu zucken gesagt: «Dann musst du eben in Wien ansuchen.»

Du musst wissen, in den Alpen schicken sie dich noch mit 40 Grad Fieber auf den Berg hinauf. Und oben badest du ein bisschen im Gletscherwasser, das ist gesund. Ich muss ganz ehrlich sagen, das Herzlose hat auch seine Reize, aber es ist nicht günstig, wenn du auf die Frühpension schielst.

Darum hat der Brenner den Auftrag vom Schmalzl ja so dringend gebraucht. Weil er eben dadurch seinen amtlichen Wohnsitz in Wien gehabt hat. Oberste Bedingung, die er dem Schmalzl gestellt hat: Du musst mich anstellen, als Hausdetektiv, sonst mache ich es nicht. Und nach der Probezeit kannst du mich wieder hinausschmeißen.

Und darum ist er jetzt im Amtsarzt-Wartesaal gesessen. Seit zwei Stunden hat sich nichts gerührt. Möchte man meinen, eine ideale Situation, um ein bisschen über den Fall nachzudenken. Aber nichts da.

Vielleicht hat er es auch insgeheim geahnt, dass er sich bald selber ein bisschen an den Hundekeksen verschlucken wird. Weil alles in ihm hat sich dagegen gewehrt, dass er darüber nachdenkt. Jetzt, worüber hat er die ganze Zeit im Wartezimmer mit dem deprimierenden Gefängnismobiliar nachgedacht? Ob du es glaubst oder nicht, über sein Leben. Weil Frühpensionsansuchen, das ist eine verteufelte Angelegenheit, und wenn du da nicht wahnsinnig aufpasst, denkst du auf einmal über dein Leben nach.

Gut, dass man ihn dann endlich zum Amtsarzt hineingerufen hat, weil diese allgemeine Grübelei, das bringt sowieso nichts, wenn du mich fragst. Der Brenner hat kurz die Luft angehalten und die Muskeln angespannt, bevor er in das Untersuchungszimmer hineinspaziert ist. Weil natürlich, Amtsarzt, das war etwas, wo sogar die brutalsten Typen bei der Kripo zugegeben haben: Ich fürchte mich ein bisschen.

Du darfst eines nicht vergessen. Arzt und Polizei, das ist eine spezielle Mischung. Da gibt es in den Fußgängerzonen nicht nur die Tierspendensammler, sondern immer auch diese Straßenmusiker, von denen rede ich aber nicht, und manchmal die Tänzer, von denen rede ich auch nicht, sondern ich rede von den anderen. Von diesen Bronzestatuen, die schaust du an, quasi Kulturgut, und auf einmal bewegt die Statue sich! Weil es steckt ein Mensch hinter dem Bronze-Anstrich, und ich weiß nicht warum, Buddhismus oder Meditation, aber der kann die ganze Zeit so ruhig stehen, unglaublich!

Und das Ärztliche und das Staatliche in einer Person, das hat ganz einen ähnlichen Effekt. Der steht da und schaut dich an, und du möchtest am liebsten hineinzwicken, ob nicht doch ein menschliches Wesen dahinter steckt.

Und dass in Wien der Amtsarzt so nett ist, wie das Tiroler Mädchen geglaubt hat, darüber hat er sich schon im Wartezimmer keine Illusionen mehr gemacht. Er hat schon noch gehofft, dass er hier nicht so einen handgeschnitzten Bergführer in Doktorgestalt erwischt, aber wie soll ich sagen. Dass ihm der

Wiener so ohne weiteres den Stempel für die Frühpension gibt, da hat man von Tirol aus leichter optimistisch sein können als vom Wartezimmer aus, wo ihn gerade die Weltkriegssprechanlage aufgerufen hat.

Am liebsten wäre er gleich umgedreht und zurück nach Innsbruck ins SoHo. Ich muss ehrlich sagen, das wäre der beste Entschluss in seinem ganzen Leben gewesen, da hätte er sich viel erspart. Andererseits, wenn du dir immer alles ersparst, erlebst du auch nichts. Und wie der Brenner jetzt doch in das Untersuchungszimmer hinein ist, hat er wirklich einmal eine Überraschung erlebt. Mit allem hat er gerechnet, aber nicht damit, dass der Amtsarzt aussieht wie seine eigene Großmutter.

Ärztinnen heute natürlich überhaupt keine Seltenheit mehr, aber in dieser Generation war das noch etwas anderes, und dann noch Amtsärztin, obwohl sie schon längst in Pension gehört hätte, das hat dem Brenner nicht eingeleuchtet. Aber am meisten hat ihn verwirrt, dass die genau die gleiche Haartracht wie seine Großmutter gehabt hat.

Weil du darfst eines nicht vergessen. Von seiner Großmutter hat der Brenner das Kopfweh geerbt. Die hat sich ihr Leben lang die empfindliche Kopfhälfte mit Franzbranntwein eingeschmiert, und ob du es glaubst oder nicht, im Alter ist sie dann nur auf einer Seite weiß geworden. Das musst du dir einmal vorstellen, genau bis zur Mitte weiß und ab der Mitte schwarz durch die jahrzehntelange Franzbranntweinbehandlung.

Damals haben sich die alten Frauen die Haare hinten zu einem Knoten zusammengedreht, wenn du mich fragst, hat das gut ausgesehen, aber dadurch liegen die Haare natürlich ganz eng am Kopf an, jetzt war es umso auffälliger, genau in der Mitte hat es sich geteilt, obwohl sie keinen Scheitel gehabt hat. Links nur noch ein paar schwarze Fäden im Weiß, rechts erst ein paar weiße Fäden im Schwarz, und dazu das magere Gesicht mit den zwei steilen Wangenfalten, alte Indianerin nichts dagegen.

Aber sooft der Brenner darüber nachgedacht hat, es ist ihm nicht mehr eingefallen, ob die Haare auf der Franzbranntweinseite schwarz geblieben sind oder auf der anderen Seite. Nur dass sie immer schlecht aufgelegt war, wenn sie nach Franzbranntwein gestunken hat, das hat er heute noch gewusst.

Die Großmutter war jetzt schon über dreißig Jahre tot, der Brenner hat ihr Begräbnis versäumt, weil er mit seinem Moped zwei Wochen nach Italien gefahren ist. Das hat er auffrisiert, dass es 90 gegangen ist, aber zum Begräbnis ist er trotzdem drei Tage zu spät gekommen, so geht es im Leben. Und jetzt sieht er zum ersten Mal einen Menschen mit dem gleichen Haarfehler, ausgerechnet die Amtsärztin.

Für den Brenner war das ein Schock. Er hat nicht mehr gewusst, ob er seinen einzigen Trumpf, die Migräne, überhaupt noch ausspielen soll. Womöglich wird sie aggressiv, wenn er ihr vom halbseitigen Kopfweh vorjammert und sie selber hält mit dem gleichen Problem bis ins hohe Alter als Amtsärztin durch. Weil siebzig muss die mindestens schon gewesen sein, eigentlich unglaublich, dass sie so jemanden nicht in Pension schicken. Er hat gehofft, dass es bei ihr vielleicht doch nur ein Pigmentfehler ist. Zumindest hat sie nicht nach Franzbranntwein gerochen, das war immerhin etwas.

Du musst wissen, außer der Migräne hat er nicht viel in der Hand gehabt für die Frühpension. Dass du den Fünfer vorne hast, verbessert vielleicht die Optik, aber eine Schwalbe macht noch keinen Sommer, und ein Fünfer vorne macht noch keine Frühpension.

Frühpension in dem Sinn geht natürlich nicht, weil Gesetzeslage keine Diskussion, aber Arbeitsunfähigkeit oft Interpretationssache. Besonders bei einem ehemaligen Kripobeamten, wo man sagen muss, Nervenkostüm sehr strapaziert.

Jetzt hat der Brenner doch gesagt: «Kopfweh, Frau Amtsärztin.»

Ihm ist vorgekommen, die Amtsärztin schaut ihn fuchsteufelswild an, aber dann hat sie nur gesagt: «Chefärztin. Wir sind hier nicht bei der Polizei.»

Aber da dürfte sich das Unbewusste vom Brenner doch noch ein bisschen an das Berufsleben geklammert haben, weil er hat es sich einfach nicht merken können, dass eine Polizeiärztin etwas anderes ist als die Chefärztin von der Pensionsversicherung. Jetzt ist sie für ihn ewig die Amtsärztin geblieben, drei-, viermal hat sie ihn im Lauf der Untersuchungen noch korrigiert, dann hat sie es aufgegeben.

«Seit wann haben Sie die Kopfschmerzen?»

Das war eine Sachlichkeit, da wäre ihm fast ein Tiroler Alpenvereinsdoktor mit einem Gebiss wie dieser Fernsehansager noch lieber gewesen.

Seine Kopfschmerzen hat der Brenner natürlich schon gehabt, bevor er damals bei der Polizei gelandet ist. Wie gesagt, erblich. Natürlich hat es immer wieder Leute gegeben, die ihm einreden wollten, psychisch. Du lernst eine frisch kennen und merkst schon, dass sie nur auf eine Gelegenheit wartet, wo sie es sagen kann. Psychisch. Dann die nächste, und wieder: psychisch. Aber so kann man sich täuschen, und da versuchen im Leben immer wieder Leute, einen auf die falsche Spur zu bringen wie beim reinsten Kriminalfall, aber beim Kopfweh vom Brenner natürlich aussichtslos, weil nicht psychisch. Erblich.

Beim Pensionsansuchen ist die Wahrheit allerdings oft

nicht die günstigste Antwort, jetzt hat er bei der Amtsärztin das Erbliche ausgelassen und dafür recht gejammert, dass er vor lauter Kopfweh bei der Polizei aufgehört hat. Weil die Kopfwehanfälle und der Stress, beides immer schlimmer geworden, was man eben so sagt.

«Am Ende war ich gar nicht mehr recht arbeitsfähig.»

«Ende hab ich Sie nicht gefragt, sondern Anfang», hat die Amtsärztin ein bisschen aggressiv gesagt.

Das hat der Brenner nicht wissen können, weil er sich vorher zu wenig erkundigt hat, aber das mögen sie bei der Pensionsuntersuchung gar nicht, wenn man selber das Diagnosevokabular verwendet. Einfach nur jammern und die Schmerzen beschreiben, das kommt am besten an.

Der Brenner hat sich jetzt wirklich ein bisschen selber Leid getan. Alles hat er berücksichtigt, dass man auf keinen Fall in den unmenschlichen Bundesländern ansuchen darf, weil Tirol, Salzburg, Vorarlberg aussichtslos, Kärnten sowieso hoffnungslos, dass man den Fünfer vorne haben muss, und instinktiv hat er «Kopfweh» gesagt, nicht «Migräne», das war genau richtig. Aber «arbeitsunfähig», das hätte er sich sparen sollen.

«Anfang», hat er jetzt versucht, die Scharte doch noch auszuwetzen, «das war so. In meiner ersten Zeit als Kriminalbeamter war ich in Vorarlberg stationiert. Da hat ein junger Familienvater seiner Frau und seinen drei kleinen Kindern zwischen drei und sechs Jahren mit einem Schweizermesser die Köpfe abgeschnitten.»

Das hat der Brenner im Grunde nicht vollkommen erfunden, der Fall ist wirklich in die Dienstzeit vom Brenner gefallen, nur das Schweizermesser war nicht echt, das muss sich in seiner Erinnerung vermischt haben, weil die Vorarlberger wie die Schweizer reden, dass man nach so vielen Jahren glaubt, ein

Messer in Vorarlberg muss ein Schweizermesser gewesen sein, obwohl es natürlich ein gewöhnliches Brotmesser war.

«Das war ein Apotheker. Möchte man meinen, er könnte mit Chemikalien töten, aber wahrscheinlich hat er die Chemikalien zu gern gehabt und hat lieber das Schweizermesser für die Dreckarbeit genommen. Dann hat er die vier Köpfe in die Auslage seiner Apotheke gelegt, direkt neben die Kopfwehreklame. ‹Bekämpft den Kopfschmerz an der Wurzel›, ist auf dem Plakat gestanden. Das werde ich nie vergessen.»

«Von so was kriegt man keine Migräne.» Mein lieber Schwan, die hat ihm das Heu heruntergeräumt. «Und was machen Sie im Augenblick beruflich?»

Die Hundegeschichte, da hat der Brenner wieder brav die Wahrheit erzählt. Auch nicht alles natürlich, da bist du detektivisch schon unter einer gewissen Schweigepflicht, aber eben kurze Andeutung: Das und das und das, und jetzt möchte ein privater Unternehmer, dass ich den Hundekeks-Pappenheimer ausfindig mache.

Und ob du es glaubst oder nicht. Die Amtsärztin auf einmal wie verwandelt. Das musst du dir vorstellen wie diese Statue in der Fußgängerzone, die sich auf einmal bewegt, so hat die Amtsärztin einen seelischen Zucker gemacht. Richtig erleichtert hat sie ausgerufen: «Und ich habe schon geglaubt, Sie sind auch einer von denen, die nur für die Frühpension nach Wien übersiedeln.»

Der Brenner hat sie verständnislos angeblinzelt. Aber lange hat er auf die Erklärung nicht warten müssen. Die Amtsärztin hat ihm ihr Herz ausgeschüttet, dass Jahr für Jahr mehr Frühpensionstouristen nach Wien kommen, weil sie in den Alpenländern keinen mehr durchlassen. Ich weiß auch nicht, an diesem Tag muss irgendwas in der Luft gelegen sein, und da hat nicht nur der Brenner nicht aufgepasst und über sein Leben nachgedacht, sondern die Amtsärztin auch über ihr Leben nachgedacht. Dass sich ein Mensch von einer Sekunde auf die andere so verändern kann! Die Amtsärztin auf einmal die reinste Lebensbeichte.

Die hat einen Sohn gehabt im Alter vom Brenner, und da muss es wirklich eine heimliche Verbindung gegeben haben zwischen dem Brenner und dieser Frau, die Haare wie seine Großmutter gehabt hat. Anders kann ich es mir nicht erklären, dass die ihm mitten im Untersuchungszimmer ihre privatesten Sorgen erzählt, sprich jammern über den Sohn. Beruflich leider noch nicht Fuß gefasst, worüber eben die Leute so jammern, wenn sie einen Sohn haben. Aber von der Amtsärztin hätte er es nicht erwartet. Pass auf, der ihr Sohn war Architekt, und da hoffst du natürlich noch in einem Alter auf deinen ersten Bau, wo ein anständiger Mensch schon um Frühpension ansucht. Und siehst du, darum hat die alte Frau immer noch gearbeitet, damit sie dem Herrn Sohn die großen Pläne ermöglicht.

Ich muss ganz ehrlich sagen, besonders interessiert hat das den Brenner nicht, aber er hat sie reden lassen, weil Motto: Vielleicht nützt es mir etwas. Und wie sie endlich mit dem Jammern fertig war und der Brenner geglaubt hat, sie fängt jetzt mit dem Untersuchen an, hat sie nur freundlich zu ihm gesagt: «In drei Tagen sehen wir uns wieder.»

An und für sich hat es dem Brenner nicht viel ausgemacht, immerhin nicht gleich durchgefallen bei der Frühpension, komme ich eben noch einmal. Aber vielleicht hat ihn der Weltschmerz von der Amtsärztin ein bisschen angesteckt, dass er den neuen Termin irgendwie persönlich genommen hat. Du musst wissen, wenn der Brenner als Detektiv einen Fall untersucht hat, dann hat sich das auch immer recht in die Länge gezogen, umständlich bis dorthinaus. Und jetzt ist er selber untersucht worden und schon wieder die Umstände. In seinem Leben ist einfach nie etwas ruckzuck gegangen, und wenn es recht föhnig ist, dann nimmst du so etwas persönlich.

«Ich bin neugierig, ob Sie den Verrückten nächste Woche schon geschnappt haben», hat die Amtsärztin gesagt, während sie den Brenner ein bisschen Richtung Tür bugsiert hat. Das müssen sie beim Medizinstudium schon im ersten Semester lernen, weil später gehen die Richtungen auseinander, tausend Schulen, von homöopathisch bis chinesisch, und einer versteht den anderen nicht mehr, nur beim Bugsieren sind sie sich einig.

Der Brenner war aber sowieso froh, dass er jetzt hinausgekommen ist, und er hat nur gesagt: «Die einfachsten Fälle sind oft die schwierigsten.»

«Das ist wie in der Medizin. Ein Knochenbruch heilt schnell, einen Pickel hat man sein Leben lang.»

Die Amtsärztin hat dem Brenner jetzt die Hand gegeben. Die knochige Hand von einer alten Frau, das ist dem Brenner aufgefallen, da dürfte er doch durch das ganze Thema Frühpension ein bisschen übersensibel gewesen sein. «Nächstes Mal wissen wir mehr», hat sie gesagt.

Er ist über die Stiege hinunter auf die Straße, obwohl der Lift da gewesen wäre, und immerhin fünf Stockwerke. Aber er hat jetzt nach der Untersuchung einen richtigen Bewegungsdrang gehabt.

Wie er in der frischen Luft angekommen ist, war er auf einmal richtig euphorisch. Er hat selber nicht recht gewusst warum, so gut ist es ihm schon lange nicht mehr gegangen, und er hätte der Welt ein Bein ausreißen können.

Später ist es dann umgekehrt gekommen, und die Welt hat ausgerechnet dem Brenner das halbe Bein ausgerissen. Aber das ist eben das Gefährliche an der Euphorie. Du fühlst dich gut, aber du unterschätzt die Welt ein bisschen.

fünf

Zwei Tage später hat der Brenner fünf große Blasen und den ersten Verdächtigen gehabt. Drei Blasen auf dem linken Fuß, zwei auf dem rechten, weil da dürfte er ein bisschen unregelmäßig gegangen sein, dass das nicht schön zwei und zwei war oder meinetwegen drei und drei, sondern ausgerechnet drei und zwei. Vielleicht, dass er im Augarten öfter rechts als links abgebogen ist, da verlierst du ja in diesen engen Wegen zwischen den undurchsichtigen Blätterwänden oft vollkommen die Orientierung. Dass da eben der äußere Fuß mehr Kilometer zusammenbringt.

Du musst wissen, der Augarten hat sechs Eingänge, und bei jedem einzelnen steht eine Orientierungstafel. Wunderbar die Wege eingezeichnet, die großen Alleen, ob das war obere Lindenallee, ob das war untere Lindenallee, ob das war Kastanien-Hauptallee, dann die Quergänge, da hat jeder Gang seinen eigenen Namen gehabt, Kaiser-Gang, Finsterer Gang, Schmaler Durchschlag und und und.

Jetzt warum hat der Brenner sich trotzdem dauernd verirrt? Sagen wir einmal so. Das «Sie sind hier» hat auf den Plänen gefehlt. Und ohne diesen Punkt, der kann rot sein, der kann orange sein, der kann meinetwegen auch einmal gelb sein, aber er muss da sein, weil ohne dieses «Sie sind hier» nützt der beste Plan nichts.

Und der Augarten natürlich ein bisschen Labyrinth. Das ist ja nicht wie im *White Dog*, wo das Sexlabyrinth aus drei

Schaumstoffgängen besteht, und nach zehn Minuten hast du es im Griff, sondern im Augarten spazierst du auf und ab und links und rechts immer zwischen diesen undurchdringlichen grünen Wänden, dann biegst du einmal ab, schon wieder die grüne Wand, und nach zwei-, dreihundert Metern weißt du schon nicht mehr, auf welcher Gartenseite du eigentlich bist, Norden, Westen, Süden, tausend Möglichkeiten. Wenn der Brenner geglaubt hat, er kommt bei der Porzellanmanufaktur heraus, ist er beim Kinderschwimmbad gelandet, wenn er geglaubt hat, Jüdische Schule, ist er bei den Sängerknaben herausgekommen, wenn er geglaubt hat, runder Flakturm, war er beim eckigen Flakturm, Irrgarten nichts dagegen.

Ich möchte bestimmt nicht die Gärtner kritisieren, die machen das sehr brav, die Natur gehört ein bisschen zurechtgebogen, sonst glauben die Hundezüchter noch, sie sind die Einzigen, die was von Erziehung verstehen. Aber man hat sich dadurch eben leicht verlaufen, ich muss ganz ehrlich sagen, ohne den fast fünfzig Meter hohen Geschützturm mitten im Augarten wäre der Brenner oft vollkommen verloren gewesen. Aber die Baumwände waren ja so hoch, dass man von vielen Stellen aus nicht einmal den Geschützturm gesehen hat.

Und da hätte er eben das «Sie sind hier» gebraucht. Weil wenn du heute ohne das «Sie sind hier» losmarschierst, ist es immer ein bisschen gefährlich, ob du das menschlich nimmst oder detektivisch, ganz egal.

Und trotzdem muss ich sagen, Orientierung ohne ein «Sie sind hier» ist im Leben nicht das Dümmste, was man machen kann. Das Dümmste ist, wenn man sich ein bewegliches «Sie sind hier» aussucht. Ein parkendes Auto oder einen schlafenden Augarten-Pensionisten. Und ob du es glaubst oder nicht, gerade durch diese Dummheit, dass er sich einen schlafenden

Pensionisten als Orientierungspunkt gemerkt hat, ist der Brenner auf eine wichtige Spur gekommen.

Weil du darfst eines nicht vergessen. Wenn du im Leben viel spazieren gehst und dich zwischendurch zum Ausruhen immer viel auf Bänke setzt, machst du eine interessante Erfahrung. Du spazierst zum Beispiel eine Allee entlang, auf der ein unbekannter Mann in einem violetten Jogginganzug sitzt. Und obwohl der ein Feuermal auf seiner Glatze hat wie der reinste russische Präsident, hast du ihn zehn Sekunden später schon wieder vergessen. Wenn dir dann die Füße weh tun, setzt du dich selber auf eine Bank, und bald darauf spaziert der Mann im violetten Jogginganzug an dir vorbei. Und jetzt bist du der müde Mann auf der Holzbank. Das ist im Leben immer je nach Sichtweise.

Zuerst hat der Brenner diesen Augarten-Pensionisten gleich wieder vergessen. Aber irgendwo ganz hinten muss er ihn doch beschäftigt haben, weil warum hätte er sich sonst im Weitergehen an die ding erinnert, die er genau in so einer Situation kennen gelernt hat, sprich abwechselndes Vorbeispazieren. Fünfzehn Jahre später ist die ihm sogar noch einmal untergekommen, weil sie in der *Kronenzeitung* bei «Mein Lieblingsrezept» ihr Lieblingsrezept eingeschickt hat. Aber die muss da ein altes Foto mitgeschickt haben, weil komplett unverändertes Aussehen. Und wenn der Brenner dann auch sein Lieblingsrezept eingeschickt hätte und sie hätte sein Foto gesehen, dann wäre das ganz ein ähnlicher Effekt gewesen wie mit dem frisch vergessenen Jogginganzug-Mann, der es sich schon wieder auf einer Parkbank gemütlich gemacht hat, wo jetzt wieder der Brenner an ihm vorbeispaziert ist.

Natürlich, der Brenner kennt ja gar keine Kochrezepte, wie soll er da eines einschicken. Aber wie er sich jetzt, ein bisschen müde von den Erinnerungen an die Jugendzeit, wieder auf eine Bank gesetzt hat und bald darauf wieder der Jogginganzug an ihm vorbeispaziert ist, hat er sich gedacht: Das kommt mir ein bisschen auffällig vor. Richtig verdächtig war ihm der Glatzkopf mit dem Feuermal da noch nicht, auch nicht, wie der Brenner zum dritten Mal an ihm vorbeispaziert ist.

Und das war eben mit der Grund, dass der Brenner sich so fürchterlich verirrt hat. Weil so groß ist der Augarten auch wieder nicht, dass man sich so ohne weiteres total verirrt. Aber ein beweglicher Orientierungspunkt kann dich natürlich völlig aus dem Konzept bringen. Da hat er sich in das Labyrinth aus Gängen und Wegen hineinlocken lassen, dass er am Ende richtig froh war, wie er planlos um eine Hecke gebogen ist, und der Glatzkopf sitzt da, quasi alter Bekannter. Der Brenner hat sich zu ihm gesetzt, und wie der sofort über die Hundekekse zu reden anfängt, war ihm das immer noch nicht verdächtig.

Du darfst nicht vergessen, im Augarten hat es gewimmelt vor Frühpensionisten in ihren Jogginganzügen, die auf der Lauer gelegen sind, da hat jeder gehofft, dass er den Täter auf frischer Tat ertappt. Und der Glatzkopf eben auch Frühpensionist. Der Brenner hat behauptet, dass er auch Frühpensionist ist, da sind einmal zwei zusammengekommen. Der Brenner natürlich auch Jogginganzug, schön mit den Glanzstreifen, das gehört in so einem Fall schon ein bisschen zur Tarnung dazu.

Ich muss ehrlich zugeben, am Anfang haben die beiden Frühpensionisten sogar ein sehr gutes Gespräch gehabt. Sie waren sich einig, wo die Polizei suchen müsste, wo da im Augarten eine gewisse Front verläuft: sprich Hundebesitzer gegen Kinderbesitzer. Der Glatzkopf hat es genau gleich gesehen wie der Brenner. Auf der einen Seite die Hunde-Abrichter. Auf der anderen Seite die Kinder-Abrichter. Und eben die seelische Problematik, da sind sie richtig ins Philosophieren gekommen. Weil Park immer Seele, und so eine Seele hat auf die Abrichter natürlich eine magische Anziehungskraft, die kommen busweise in die Seele getrampelt, und dann natürlich Kampf bis aufs Blut, wem steht das bisschen Seele zu.

Da hat der Brenner schon geglaubt, er hat einen neuen Freund gefunden. Jetzt was hat ihn auf einmal so misstrauisch gemacht? Misstrauisch gemacht hat ihn, wie der andere das Hundekeks aus seiner Jogginganzugtasche gezogen hat. Er hat es gegen das Licht gehalten, sodass der Brenner durch die eigentliche Hundekeksmasse schön durchgesehen hat. Da war eine kleine weiße Plastikkappe in dem Hundekeks versenkt, und darin waren die Stecknadeln richtig kunstvoll montiert, dass sie in alle Richtungen gezeigt haben.

«Das hab ich gefunden», hat der Glatzkopf gesagt. «Wenn ich das nicht aufhebe, haben wir noch einen Hundetoten mehr.»

Und dann hat er angefangen, den Brenner auszufragen, ob er irgendwas Verdächtiges beobachtet hat.

Jetzt musst du wissen, der Brenner hat in seiner Zeit bei der Kripo insgesamt dreimal mit Brandstiftern zu tun gehabt. Und jedes Mal war am Ende der Brandstifter einer von den Feuerwehrmännern. Und immer war es so, dass der Täter selber bei der Jagd auf den Brandstifter am eifrigsten mitgemacht hat. Die haben Spuren gefunden, Dinge angeschleppt, die der Brandstifter angeblich verloren hat, fürchterlich.

Und auch ganz typisch, dass der Frühpensionist es auf einmal so eilig gehabt und sich so schnell aus dem Staub gemacht hat. Dem Brenner war es in dem Moment nicht unrecht, er hat ja auch noch etwas vorgehabt, sprich eine zweite Spur. Zu viele Spuren sind bei einem Kriminalfall ja meistens ein schlechtes

Zeichen. Das ist eine Regel, die fast immer gilt und die sich dann leider auch wieder fürchterlich bewahrheitet hat.

Ich muss sagen, beim Brenner war das sowieso verdächtig, dass er so drauflos marschiert ist, sprich Euphorie. Weil der ist normalerweise schon ein bisschen die Umständlichkeit in Person gewesen. Und da würde vielleicht so mancher vermuten, dass der Föhn schuld war an der Euphorie vom Brenner. Weil so ein Pech musst du einmal haben, da zieht er extra aus dem Föhnloch Innsbruck nach Wien, und da heizt der Föhn derart ein, dass schon im Frühling die verdorrten Blätter von den Augarten-Bäumen fallen. Da könnte man schon auf den Gedanken kommen, dass er deshalb so im Augarten rotiert ist und in allem eine Spur gesehen hat.

Aber ich sage, es war nicht der Föhn allein. Jetzt was war es? Warum sind im Gehirn vom Brenner die Funken geflogen, dass es schon fast eine feuerpolizeiliche Frage war, ob das noch erlaubt ist. Ganz einfache Erklärung: die Frühpension. Der Besuch beim Amtsarzt, sprich Amtsärztin. Das muss in ihm eine schockartige Gegenwehr ausgelöst haben, quasi, so alt bin ich doch noch gar nicht. Der Brenner hat eine Leistung gezeigt, da hätte man direkt an eine ausgleichende Gerechtigkeit glauben können. Dass ein Mensch, der jahrzehntelang die Dynamik ein bisschen unter Verschluss hält, es dann alles auf einmal zurückkriegt, quasi Lawine. Wo man schon fast sagen muss, Vorsicht, nicht dass es dir geht wie diesen Hunden, die man nach drei Tagen Hausarrest wieder aus der Hundehütte lässt und die sich dann oft vor lauter Lebensfreude am Gartenzaun das Genick brechen.

sechs

Zehn Minuten nachdem der Glatzkopf zu ihm gesagt hat: «Ich muss fernsehen gehen», ist der Brenner vor dem Haus der Hundezüchterin Hartwig gestanden. Das Hartwig-Tierheim war nur hundert Meter vom Augarten und auch nicht viel weiter vom *White Dog* entfernt, mit den Nachbarn ein bisschen Konflikte, weil Tierheim mitten in einer Wohnstraße meistens nicht vollkommen unumstritten.

TIERE ist am oberen Klingelschild gestanden, SUMMER am unteren. Und nirgendwo HARTWIG, weil alle anderen Klingelschilder waren leer.

Wie sich dem Brenner dieses Bild von der Tafel mit den Klingelknöpfen eingebrannt hat, das war wieder typisch die Euphorie. Oben TIERE, unten SUMMER. Da hätte man glauben können, die Klingelschilder sind beleuchtet, genau wie eben diese beleuchteten Klingelschilder, die es heute überall gibt. Aber es war ja mitten am helllichten Tag, die Klingelschilder keine Spur von beleuchtet, Sonne drauf auch nicht, sondern im Schatten. Aber eben die Euphorie, die kann so was auslösen.

Läute ich eben einmal bei SUMMER, hat der Brenner sich gedacht, weil bei TIERE läutet man irgendwie nicht gern als Mensch, das ist, wie wenn du als Erwachsener ein Kind zuerst grüßt. Und SUMMER ist vielleicht eine von diesen raffinierten Klingeln, wo man sich selber die Tür aufsummt, quasi Arztpraxis. Weil der Brenner bestimmt seit dreißig Jahren bei keinem

Hausarzt gewesen, aber einmal in seinen ersten Polizeitagen haben sie in Linz einen jungen Hausarzt aus seiner Praxis holen müssen, der war unglücklich verliebt, jetzt hat er sich selber mit der Hausapotheke. Fürchterlicher Anblick, aber in die Praxis hineingekommen sind sie leicht, weil eben der Summer, und darum hat der Brenner das so gut gewusst.

Aber interessant! Obwohl er extra bei SUMMER und nicht bei TIERE geläutet hat, ist hinter dem Eingangstor ein Gebell losgegangen, das glaubst du gar nicht. Der Brenner war froh, dass das Tor aus Eisen war, weil die ganze Anlage ein bisschen Hochsicherheitstrakt. Und durch ein normales Holztor hätte der Köter sich garantiert durchgebissen, so eine gute Stimme hat der gehabt.

Und gesummt hat es nicht. Und noch nie im Leben war der Brenner so froh, dass es nicht gesummt hat, weil sonst hätte er wahrscheinlich schon nicht mehr gelebt, so gewaltig hat sich der Hund von innen gegen das Eisentor geworfen.

Aber da gibt es diesen sehr guten Spruch. Man soll sich nicht zu früh freuen. Weil irgendwo im Haus muss jemand das Klingeln vom Brenner gehört haben. Und der hat jetzt, nachdem der Brenner sich ungefähr zehn Sekunden lang gefreut hat, dass es nicht summt, den Summer gedrückt. Zuerst hat der Brenner es nur ganz leise hinter dem Gekläff gehört. Aber das nützt nichts, so ein Summer öffnet die Tür genauso, wenn du ihn nur ganz leise hörst. In seiner Euphorie hat der Brenner gedacht, bestimmt wird sich der Hund das Tor nicht selber aufmachen, erstens ist es kein Zirkushund, und zweitens ist es mir ganz sicher nicht vorherbestimmt, dass mich ein Hund frisst. Und zwei tot gebissene Menschen in einer Woche unwahrscheinlicher als ein Lottogewinn. Und irgendwann wird ja dieses ewige Summen auch wieder aufhören.

Aber nichts da. Es hat gesummt und gesummt. Da gibt es ja immer diese Leute, die zu kurz den Türsummer drücken, dann muss man noch einmal klingeln, und damit verbringt man sein halbes Leben, man kann es ihnen immer wieder erklären, länger summen, aber sie wollen es nicht begreifen und summen zu kurz. Und in diesem Fall war das eben die große Hoffnung: Ewig wird es nicht summen.

Wie der Hund ihm die Tür aufgemacht hat, hat es dem Brenner doch Leid getan, dass er noch nie ein Testament gemacht hat. Sicher, viel hat er nicht besessen, aber die zwei Nussholzschränke von seinem Großvater hätte er schon gern irgendwem vermacht, da wäre infrage gekommen, warte einmal, die Kassierin aus dem SoHo hätte sich bestimmt gefreut, oder ein SOS-Kinderdorf, tausend Möglichkeiten. Wie er nach seinem Polizei-Abschied aus der BUWOG-Wohnung hinausgeflogen ist, hat er die Schränke bei einem Salzburger Spediteur untergestellt, gratis auf Lebenszeit, rein aus Sympathie. Oder hat der auch ein bisschen darauf spekuliert, dass der Brenner einmal unter einen Argentino kommt, ohne Testament, und dann gehören die schönen Schränke ihm? Das ist dem Brenner jetzt alles durch den Kopf gegangen, während der Hund ihn umarmt hat.

Du wirst sagen, der Hund hat vielleicht ausgesehen wie die Evita, sprich ein Argentino, und jeder einzelne Halsmuskel so dick wie eine Pythonschlange, aber der wollte bestimmt nur spielen. Und das stimmt auch, zuerst wollte er nur spielen, umarmen, kuscheln, küssen, aber nicht gleich Kopf abbeißen. Aus nächster Nähe kannst du das aber oft nicht so gut beurteilen. Du darfst eines nicht vergessen, der Hund war auf den Hinterbeinen aufgerichtet nicht viel kleiner als der Brenner. Da sind einmal zwei mit starken Halsmuskeln zusammengekommen, und die haben sich in die Augen gestarrt, quasi: Wer zuerst wegschaut, hat verloren.

Der Brenner war dann aber doch froh, wie auf einmal aus der Sprechanlage eine Stimme gekommen ist: «Sitz, Puppi!»

Es ist immer eine sehr interessante Erfahrung, wenn du von einem Menschen zuerst die Stimme kennen lernst.

«Sitz, Puppi!», ist die Metallstimme noch einmal aus der Metallsprechanlage gefahren. Mein lieber Schwan, vor dieser Stimme hat sich der Brenner fast noch mehr gefürchtet als vor der Puppi, die ihm unbedingt einen Zungenkuss geben wollte.

«Sitz!»

Aber die Puppi hat nicht Sitz gemacht. Der Brenner natürlich auch nicht Sitz gemacht. Obwohl ich ehrlich sagen muss, seine Euphorie hat in dem Moment schon ein bisschen Sitz gemacht. Die Puppi dafür vollkommen unbeeindruckt, die ist starr am Brenner gelehnt, als hätte ihr jemand einen Narkosepfeil hineingeschossen.

Weil irgendwas muss die Puppi die ganze Zeit überlegt haben, ich glaube, für eine Führungspersönlichkeit fast eine kleine Entscheidungsschwäche, da hat man der Puppi das Hin und Her direkt angesehen, welcher Behandlung soll ich beim Brenner den Vorzug geben: Halsschlagader oder Ganzkörpermassage?

Jetzt was macht man in so einer Situation? Eigentlich kann man da nichts machen. Das ist ja ein großer menschlicher Aberglaube, dass man in jeder Situation etwas machen kann, und großartige Devise: Wo ein Wille, da auch ein Weg, es gibt keinen Zufall, und was da sonst noch so herumgeistert an Überlegungen. Das ist sehr optimistisch gedacht, und will ich auch bestimmt niemandem die Freude verderben, was wäre das für eine Jugend ohne ein bisschen Aberglaube. Aber Wahrheit natürlich oft ein bisschen bitter. Da gibt es sehr viele Sätze für die positiven Überlegungen, und für die Wahrheit interessanterweise nur einen Satz, ich glaube, ursprünglich stammt der sogar aus der österreichischen Bundeshymne: «Da kann man nichts machen.»

Man soll nicht überheblich sein, aber unter uns kann man es ja offen aussprechen, dass wir da beim «Nichts machen» einen kleinen Vorsprung gegenüber der Welt haben. Und der Brenner wieder einmal typisches Beispiel, dass man mit dem «Nichts machen» oft am weitesten kommt.

«Sitz, Puppi!»

Weil die Stimme ist jetzt nicht mehr aus der Sprechanlage gekommen. Die Frau Hartwig ist über den Hof gestapft und hat ihren Befehl geschmettert, Kaserne nichts dagegen. Der ganze Hof ein bisschen Kasernenhof, überall die Zwinger und Verschläge, aber die waren leer, weil die Hunde sind frei im Hof herumgelaufen. Das hat natürlich für einen Fremden schon bedrohlich gewirkt, aber vor der Alten sind die Habtacht gestanden, die haben sich nicht einmal mehr bellen getraut. Nur der Argentinos hat ihr heute Sorgen gemacht.

«Da missen wir wieder ganz vorne anfangen, Puppi», hat sie ruhig gesagt und die Puppi am Halsband in einen Zwinger gezerrt. «Fir Ungehorsam muss ma bießen. So ist das im Leben. Mussma fir jede Sinde bießen.»

Dann hat sie erst den Brenner gegrüßt. «Der Föhn macht die Tiere so nervös», hat sie erklärt, während sie ihn ins Haus geführt hat.

«So nervös ist er mir gar nicht vorgekommen.»

«Sie.»

Weil *der* Hund, aber *die* Puppi. Den Hundebesitzern ist es ja immer ganz wichtig, dass man ihre Lieblinge geschlechtlich nicht kränkt. Das ist nicht wie bei den Menschen untereinander, wo die Mütter oft noch beim Zwölfjährigen heimlich im Personalausweis nachblättern müssen, welches Geschlecht ihr Sohn jetzt wirklich hat, sondern Hundebesitzer wollen das immer ganz genau wissen.

«Puppi ist sonst sehr gutmütig», hat die Hartwig gesagt. Und sie selber hat auch einen sehr gutmütigen Tonfall gehabt, wenn sie mit dem Brenner geredet hat. Weil die hat eine eigene Stimme für die Hunde und für die Menschen gehabt. Und ihren ungarischen Akzent hat sie nur gehabt, wenn sie mit den Tieren geredet hat, weil vielleicht zu viele Gefühle im Spiel, aber mit den Menschen vollkommen akzentfrei.

«Wieso haben Sie nicht bei der anderen Klingel geläutet?», hat sie akzentfrei und ein bisschen besorgt gefragt. Und da sieht man wieder, dass der Mensch oft am schwächsten ist, wenn ihm eine Sache wirklich wichtig ist. Weil die Frau Hartwig hat mit Menschen tadellos akzentfrei gesprochen, nur bei einem einzigen Wort hat es sie fürchterlich gestrudelt. «Wenn Sie wollen, dass ich die Tiere öffne», hat sie dem Brenner streng, aber gutmütig erklärt, «müssen Sie schon bei Tiere läuten.»

«Ah.» Da hat der Brenner eine Sekunde lang nicht viel intelligenter als eine Türe dreingeschaut. Aber im nächsten Moment hat er schon über ganz was anderes gestaunt. Wie die Frau Hartwig mit ihm in das Haus hineingegangen ist, hat er nämlich schnell verstanden, warum außer «Tiere» und «Summer» alle anderen Klingeln unbeschriftet waren. Sagen wir einmal so. Auf den Klingeln waren keine Namen, weil die Bewohner des vierstöckigen Zinshauses sowieso nicht den Summer bedienen hätten können.

Der Brenner hat jetzt schon ein- oder zweimal schlucken müssen, weil sieht man auch nicht alle Tage, dass ein ganzes Zinshaus mitten in einer Wohnstraße nur von Hunden bewohnt ist. Für die Tiere war das bestimmt ein Paradies. Aber für die Nachbarn dürfte es eher in die gegenteilige Richtung gegangen sein. Das war ein Gebell und Gekläff, ohrenbetäubend. Und Geruch kannst du dir selber ausrechnen. Wenn da der eine oder andere Nachbar auf eine Idee gekommen wäre, quasi Hundekekse, wie soll ich sagen, mildernde Umstände hätte man dem schon geben müssen.

Umso gemütlicher ist es dem Brenner dann in der Wohnung der Frau Hartwig im obersten Stock vorgekommen. Sie hat ihm einen Platz an ihrem Küchentisch mit einer richtigen, selbst gebügelten Tischdecke angeboten und ihn nach seinem Anliegen gefragt.

Aber interessant. Beim Kaffeetrinken hat sie auf einmal viel jünger ausgesehen. Es war nur ihre Art, wie sie so betont rüstig über den Hof gestapft ist, dass sie auf den Brenner vorher wie eine Pensionistin gewirkt hat, nicht einmal Frühpensionistin, sondern regulär.

Aber ihr Gesicht, ihre Augen, wenn man da genau hingeschaut hat, dann war die Frau höchstens Mitte fünfzig, eventuell sogar Anfang fünfzig. Womöglich nur drei oder zwei Jahre älter als der Brenner.

«Was führt Sie zu mir?»

«Die –»

Die Frühpension, hätte der Brenner fast gesagt, aber gerade noch rechtzeitig: «Die Hundekekse.»

«Hundekekse.»

Wie hat diese Frau das geschafft, so viel älter zu wirken, als sie bei genauem Hinschauen war? Sie hat sich ja nicht Falten aufgemalt oder krank geschminkt, wie es die höheren Töchter heute gern machen, wenn sie keine echte Bulimie zusammenbringen.

«Ich bin Privatdetektiv», ist er endlich mit der Sprache herausgerückt. «Mein Auftraggeber will, dass ich den Menschen finde, der die Hundekekse ausstreut.»

«Auftraggeber.»

Ihre Stimme hat eine Rolle gespielt. Normalerweise ist die Stimme beim Menschen ja etwas, das sich ein bisschen bewegt. Und im Ungarischen hat sie natürlich eine prächtige Tonmelodie gehabt, aber dann der Ehrgeiz: Es soll echt deutsch klingen. Weil der zu große Ehrgeiz zerstört oft viel im Leben. Das hörst du vielleicht nicht gern. Aber woher sollst du auch wissen, wie dann der Ehrgeiz in den nächsten Wochen gewütet hat, dass der Sensenmann mit seiner Mähmaschine fast nicht hinten nachgekommen ist.

Im Grunde war das mit der Tonmelodie nicht so ein Problem, höchstens hat man sich vielleicht als Ansprechpartner nicht so geliebt gefühlt. Und dann das mit den Unterzähnen natürlich ganz typisch. Ist dir bestimmt schon aufgefallen, dass es den Menschen nicht sympathischer macht, wenn er beim Reden die Unterzähne zeigt statt die Oberzähne. Und die Frau Hartwig praktisch nur Unterzähne. Dann die Tränensäcke, gut, dafür kann sie nichts, aber eben nicht untypisch, und letzter Friseurbesuch bestimmt nur noch mit dieser Kohlenmethode eruierbar. Sie hat sich die Federn einfach irgendwie zurückgeklemmt. Als hätte sie sich schon seit Jahren darauf gefreut: Eines Tages wird der Brenner vorbeikommen, und den erinnere ich dann an einen bösen alten Raubvogel.

Aber da hat sie sich natürlich komplett verrechnet. Weil die Frau Hartwig war dem Brenner sympathisch. Wie soll ich dir das am besten erklären? Schau, die Tiere sind ja heute oft menschlicher als die Menschen, das fängt an beim Maßschneider und hört auf bei der Psychotherapie. Die Tiere haben heute

Hobbies und seelische Abgründe, das glaubst du gar nicht. Aber die Hartwig war irgendwie derart hölzern und knochentrocken, dass ihr gerade das die menschliche dings gegeben hat.

«Und wer ist dieser Auftraggeber?» Also, ein bisschen gefährlich hat sie schon gewirkt mit ihren Unterzähnen, das muss ich ehrlich zugeben. Gefürchtet hat er sich schon, da möchte ich das Verhältnis nicht idealisieren.

«Das darf ich nicht sagen.» Das ist jetzt fast ein bisschen zu kleinlaut herausgekommen.

«Der Plank? Der Edlinger? Die Schneider? Die Welz? Der Posch? Die Pfeiler?»

Dem Brenner haben alle diese Namen nichts gesagt, und es hat sich dann herausgestellt, dass es die großen Tierschützer in der Stadt waren, jeder mit jedem zerstritten, frage nicht. Sie hat geschimpft über die Geldgier und die Intrigen ihrer Konkurrenten.

«Wissen Sie, wie viel in Österreich jährlich für den Tierschutz gespendet wird?» Und gleich selber die Antwort gegeben: «Eine halbe Milliarde Schilling.»

Der Brenner hat ein bisschen dumm geschaut, weil Milliarde, das ist ein Wort, das man immer zuerst einmal von Million unterscheiden muss.

«Ein Wahnsinn!»

Ob du es glaubst oder nicht, das hat nicht der Brenner gesagt, das hat die Frau Hartwig selber gesagt, die war jetzt so richtig im Reden drinnen.

«Eine halbe Milliarde», das war immer noch die Hartwig, «das muss man sich einmal vorstellen.»

«Fünfhundert Millionen Schilling», hat der Brenner recht ernst gesagt. Weil Kopfrechnen war er immer gut.

«Und wie viel geht davon in den Tierschutz?» Ganz ohne Tonmelodie hat sie das gesagt, da hat die Frage gleich geklungen wie die Antwort: «Zehn Prozent, wenn's hoch kommt.»

«Und den Rest teilen sich die Herrschaften auf», hat der Brenner gesagt, als hätte er es immer schon gewusst.

Die Hartwig hat genickt, ich kann mir nicht helfen, es hat wirklich ein bisschen wie bei einem Vogel ausgesehen, vielleicht sogar weniger Raubvogel, mehr wie die Hühner, die ja auch gern nicken, oft sogar, wenn sie den Kopf gar nicht mehr aufhaben.

«Und Sie», hat der Brenner gefragt. «Wie finanzieren Sie Ihren Verein?»

So schnell hat noch kein Huhn auf der Welt mit dem Nicken aufgehört. Praktisch schlagartig. Weil die Hartwig natürlich kein Verein, sondern Privatperson, und Finanzierung völlig ohne Spendenkeiler. Aber das war wirklich einmal was anderes. Eine alte Zinshauseigentümerin hat drei Zinshäuser und das gesamte Barvermögen ihrem Hund hinterlassen. Und den sechsjährigen Hund samt Vermögen hat sie bei der Hartwig in Pflege gegeben.

«Die Frau Summer hat über mehr als ein Jahr hinweg meine Tätigkeit beobachten lassen. Von einem Kollegen von Ihnen. Die hat schon gewusst, wem sie ihre Hinterlassenschaft anvertraut. Weil bei mir kommt jeder Schilling den Tieren zu.»

«Und ich hab geglaubt, das spricht man Sammer aus», hat der Brenner gescheit getan, dabei hat er beim Klingelschild unten noch geglaubt, es ist der Summer für die Tür und keine Rede von Sammer.

«Die Gebäude und die Firma und das Barvermögen gehören zur Gänze dem Hund.»

Pass auf, die Frau Summer hat das sehr raffiniert gemacht,

dass ihrem Hund beste Pflege garantiert wird, weil Klausel, wenn ihr Hund nicht mindestens dreizehn Jahre alt wird, fällt das gesamte Erbe einer anderen Organisation zu. Natürlich hat niemand gewusst, welcher Organisation, quasi notariell, weil sonst natürlich die Verführung zu groß, dass diese Organisation den Hund schon am ersten Tag um die Ecke bringt.

Alles hat der Hund geerbt, nur den Familiennamen natürlich nicht. Den Hundenamen hat die Herta Hartwig aber wahrscheinlich doch nicht an die Klingel schreiben wollen, jetzt Kompromiss, hat sie eben das alte Schild der verstorbenen Besitzerin dran gelassen.

Aber keine Angst, das Lachen ist dem Brenner nicht ausgekommen, wie die Hartwig gesagt hat, die Firma gehört dem Hund, so wie man sagt: Mein Haus gehört der Bank. Weil alter Trick, wenn dir fast das Lachen auskommt: Schnell an den Tod denken. Einen Augenblick später wäre ihm das Lachen fast doch noch ausgekommen, weil so ein Lachreiz kommt ja in Wellen, und ein drittes Mal hätte es ihn auch noch fast erwischt, alles innerhalb einer Minute. Aber wieder rechtzeitig an den Tod gedacht.

Jetzt. Man soll ja nicht abergläubisch sein. Und da gibt es bestimmt Hunderte und Tausende Beispiele, wo jemand an den Tod gedacht hat, und es ist nichts passiert. Und das heißt noch lange nicht, dass du den Tod nicht mehr wegbringst, nur weil du einmal kurz an ihn denkst.

Sondern das mit dem Tod nicht mehr wegbringen, das war eben dann nur zufällig beim Brenner so.

sieben

Hoffentlich wird das kein Frauenfall, hat der Brenner beim Frühstück überlegt, während die Magdalena sich die Zehennägel lackiert hat. Weil du darfst eines nicht vergessen. Frauenfälle immer wahnsinnig kompliziert, das war schon bei der Kripo das Gefürchtetste. Männerfälle im Prinzip einfach, da hast du einen schönen Mord, der drückt einmal ab und aus, und dann musst du als Detektiv den Burschen eben finden, das ist eine klare Aufgabe. Aber Frauenfall, das fängt oft harmlos an, und bevor du zweimal schaust, steckst du in einer derartigen Katastrophe, dass du nicht mehr weißt, wo hinten und vorne ist.

«Was schaust denn so verzagt?», hat die Magdalena gefragt.

Der Brenner aus Puntigam und die Magdalena aus Polen haben sich die kleine Wohnung über dem *White Dog* geteilt, und sonst haben sie beim Frühstück ein stilles Übereinkommen gehabt, keine Gespräche, weil sie hat sich aufs Nägellackieren konzentrieren müssen, und er hat sich auf seinen Grant konzentrieren müssen, aber heute auf einmal, warum schaust du so verzagt? Da dürfte sie mit der weiblichen Intuition vielleicht gespürt haben, dass es in den Gedanken vom Brenner gerade ein bisschen gegen ihre Mannschaft geht.

Frauenfall, das ist natürlich ein Verdacht, den du als Detektiv nie leichtfertig in die Welt setzen sollst. Aber leider. Es war ja alles andere als leichtfertig vom Brenner, sondern gute Gründe. Pass auf, die Hartwig hat ihn auf die Augarten-Mütter aufmerksam gemacht, sprich «Verein Früchtchen». Und das hat gar nicht gut ausgeschaut, weil da hat es seit Jahren erbitterte Kämpfe gegeben, die Früchtchen haben im Augarten die Hundezonen durchgesetzt, und wenn ein frei laufender Hund seine Pfote nur einen Millimeter aus der Hundezone hinausgestreckt hat, haben die schon ein Geschrei erhoben, frage nicht.

So hat es zumindest die Hartwig dargestellt, die war freilich keine unbefangene Zeugin. Für die Hartwig waren das fanatische Mütter, denen sie die Hundekekse ohne weiteres zugetraut hat. Du sagst natürlich völlig richtig, ein Frauenfall in dem Sinn ist das noch nicht, weil das klingt ja sehr einfach und gar nicht kompliziert. Wenn die Kinderbesitzer auf die Hunde losgehen, das wäre ja fast Lehrbuch. Aber warte, du weißt ja noch nicht einmal die Hälfte.

«Was schaust denn so verzagt?», hat die Magdalena nach dem nächsten Zehennagel noch einmal gefragt.

Sonst die Magdalena vollkommen in Ordnung, da gibt es gar nichts, und manchmal ist es dem Brenner schon vorgekommen, als wären sie ein altes Ehepaar. Ich möchte fast sagen, die beste Beziehung, die der Brenner jemals gehabt hat. Vielleicht hat es auch eine Rolle gespielt, dass nicht das Geringste gelaufen ist zwischen den beiden, sondern eben gleich von Anfang an altes Ehepaar, die Magdalena lackiert sich die Zehennägel, der Brenner Zeitung, Radio, Socken, und nie ein böses Wort.

Jetzt warum schaut er so verzagt? Er kann ja der Magdalena nicht gut sagen, dass er sich vor einem Frauenfall fürchtet. Zuerst hat er es probiert mit gar nicht antworten, aber in der Stille sind sofort wieder die unangenehmen Gedanken gekommen, sprich: Es wird sich doch nicht zu einem Frauenfall auswachsen. Es war nicht nur die Hartwig-Aussage. In dem

Moment war es mehr noch das Atmosphärische. Das Seelische generell, wo die Frauen immer gut sind, dann speziell Park, wo ja die Frauen immer mit dem Grünen sympathisieren, und Tierschützer gegen Eltern, es hat ihm alles miteinander nicht gefallen.

Aber der Brenner war natürlich ein Mensch, der am Morgen die Welt immer ein bisschen zu schwarz gesehen hat. Damit er auf andere Gedanken kommt, hat er der Magdalena doch eine Antwort gegeben. Er hat ihr von dem Hartwig-Erbe erzählt, und die Magdalena wäre beim Nägellackieren fast auf die Nagelhaut hinausgerutscht, so wahnsinnig hat sie es gefunden, dass man einem Hund Millionen vererbt.

«Solche Frau ist für mich Perversling», hat sie gesagt, keine Diskussion.

Der Brenner hat nicht recht gewusst, ob er der Magdalena das andere auch erzählen soll. Was ihm dann die Hartwig noch anvertraut hat. Aber da siehst du schon: Er redet mit der Magdalena über die Hartwig. Zwei Frauen! Ob er geschwiegen hat oder geredet, die Schlinge, sprich Frauenfall, hat sich für den Brenner zusammengezogen.

«Die Hartwig hat den Verdacht, dass es einer von ihren Hunden war.»

«Was war?»

Weil so kommt es oft, wenn du etwas erzählen willst und doch nicht, dass du nur halb und halb damit herausrückst.

«Ein Argentino», hat der Brenner gesagt.

Jetzt hat es ihm fast schon Leid getan, dass er überhaupt damit angefangen hat. Am liebsten hätte er es rückgängig gemacht, aber natürlich keine Chance bei der Magdalena. Die hat ihn nicht mehr ausgelassen, weil die Magdalena den ganzen Tag nicht so konzentriert wie beim morgendlichen Zehennägel-Lackieren. Jetzt hat sie den Brenner gezwungen, dass er es schön ausspricht.

«Dass ihr Argentino die Manu Prodinger tot gebissen hat. Die Puppi.»

«Du sagst zur Manu Puppi?», hat die Magdalena erstaunt von ihrem Zehennagel aufgeblickt und einen Schluck vom Frühstückskaffee genommen.

Weil interessant. Sie hat nie gleichzeitig lackiert und gesprochen, sondern immer schön abwechselnd, entweder lackieren oder sprechen.

«Der Hund heißt Puppi. Ein Argentino. Und er ist der Hartwig ausgerechnet an dem Nachmittag ausgekommen, wo die Sache mit der Manu passiert ist.»

Siehst du, das ist es, was ich die ganze Zeit sagen will. Schön langsam geht es in das Komplizierte hinein.

Gleich danach hat es dem Brenner Leid getan, dass er der Magdalena überhaupt was erzählt hat. Weil wer weiß, was sie alles dem Schmalzl weiter sagt. Und der Schmalzl hat ihn dann beim Weggehen von sich aus auf die Manu angesprochen. Der hat auf einmal so getan, als würden ihn die Hundekekse gar nicht mehr so interessieren und als wäre der Brenner für den Tod seiner Spendensammlerin zuständig.

Richtig nervös hat es den Brenner erst gemacht, wie der Schmalzl auf einmal auch mit den fanatischen Müttern in der Nachbarschaft anfängt. Weil das Früchtchen-Haus war ja nicht viel weiter entfernt als das Hartwig-Tierheim, und natürlich Konflikte bis dorthinaus, wie der Schmalzl letztes Jahr das *White Dog* aufgesperrt hat.

«Ich bin nie drauf gekommen, ob die mehr gegen mein *White Dog* haben oder mehr gegen meine Tierfamilie. Oder ob die überhaupt gegen alles sind.»

Da hat der Brenner zugeben müssen, dass das eine schwierige Frage war. Aber wie der Schmalzl dann auch noch behauptet hat, dass er den fanatischen Müttern vom Früchtchen-Verein ein Attentat auf seine beste Mitarbeiterin zutraut, da hat der Brenner endgültig gewusst: Ich bin nicht der Einzige, der den Föhn spürt.

Auf dem Weg zur Amtsärztin hat er dann so einen Rückenwind gehabt, dass allein deshalb in ihm die Euphorie schon wieder erwacht ist. Richtig unheimlich war das. Dass man sich von einem Wind so beeinflussen lässt.

Bei der Amtsärztin war er schon wieder ganz positiv, und während sie mit ihren Untersuchungen beschäftigt war, hat er ihr von seinen Untersuchungen erzählt. Und der Amtsärztin hat es dann wahnsinnig imponiert, dass die Hartwig ihren eigenen Hund der Polizei ausliefern will, falls der wirklich die Manu tot gebissen hat.

Nach der Untersuchung hat sie vom Brenner wissen wollen, was seine nächsten Schritte sind. Das passiert dir als Detektiv natürlich öfter, dass du auf Neugiersnasen triffst. Normalerweise haben die vom Brenner nichts erfahren, aber bei der Amtsärztin hat es ihm ganz gut gepasst, weil Motto: Vielleicht hilft es mir bei der Frühpension. Jetzt hat er ihr erzählt, dass er am Nachmittag noch bei den nächsten Verdächtigen vorbeischauen muss.

«Bei den Konkurrenz-Tierschützern?»

«Nein, keine Tierschützer. Im Gegenteil», hat er gesagt. «Mütter!»

«Na, da bin ich ja neugierig, was Sie mir morgen erzählen», hat sie gestrahlt, während sie ihn Richtung Wartesaal bugsiert hat.

«Morgen?»

«Morgen müssen Sie noch einmal kommen, ich muss noch ein paar Untersuchungen machen.»

In dem Moment war ihm das schon ein bisschen lästig. Aber oft ist einem etwas lästig, und am nächsten Tag ist man dann doch froh, dass man jemanden hat, der einem das zerfetzte Ohr wieder zusammenflickt.

Aber schön der Reihe nach.

Zum Früchtchen-Haus hat er den schönen Weg durch den Augarten genommen. Zeit genug hat er ja gehabt, und gleich beim Eingang hat er die Orientierungstafel ganz genau studiert, damit er nicht zu umständlich geht. Wunderbare Vogelperspektive, so hätte man im Leben gern alle Probleme vor sich liegen. Und er hat das «Sie sind hier» gar nicht mehr so vermisst. Wenn der Flakturm zu sehen war, hat er ja seinen Orientierungspunkt gehabt, siehst du, gerade die Störung ist in einer Seele oft der einzige Anhaltspunkt, aber das soll jetzt nicht irgendwie ding klingen. Und weiter hinten, in den Quergängen noch hinter dem Kinderschwimmbad, hat er eben ein paar Umwege eingelegt, macht gar nichts, er ist trotzdem eine Viertelstunde früher als geplant vor dem Früchtchen-Haus gestanden, weil das war ja nur fünfzig Meter vom Augarten entfernt.

Das richtige Haus hat er an dem davor parkenden königsblauen Maserati gleich erkannt. Jetzt warum königsblauer Maserati? Der Maserati war es nicht, der bunte Aufkleber war es, weil Maserati mit Aufkleber grundsätzlich selten, aber Maserati mit dem Aufkleber «Ich bremse auch für Kinder» natürlich besserer Hinweis als richtige Hausnummer.

Auto wäre zwar genau genommen wieder ein beweglicher Orientierungspunkt, und vielleicht parkt jemand nicht direkt vor dem eigenen Büro, da muss man schon recht aufpassen.

Aber wie dann der Glatzkopf mit dem Feuermal aus der Haustür gekommen ist, war der Brenner sicher, dass er richtig ist. Weil ich sage immer, zwei bewegliche Orientierungspunkte sind besser als ein fester, quasi physikalische Berechnung. Heute hat der Glatzkopf aber nicht seinen Jogginganzug angehabt, sondern elegant. Aber nicht dass du glaubst, der ist in den Maserati gestiegen. Er ist in den weißen Golf hinter dem Maserati gestiegen und weggefahren.

Der Brenner war froh, dass er ihn nicht bemerkt hat. Die Autonummer vom Golf hat er sich natürlich aufgeschrieben, aber ich sag es dir lieber gleich, sie hat ihm nichts genützt.

Acht

Und die schlechten Vorahnungen, die er gehabt hat, wie er jetzt in das Früchtchen-Haus hinein ist, haben sich auch nicht bewahrheitet.

Die Bürotür war leicht zu finden, weil natürlich tierkritisches Plakat an der Tür, und der Kinderspielplatz ist kein Hundeklo. Da hat einmal ein Künstler eine gute Idee gehabt, weil der Hund größer als der Augarten, und der hat über dem Augarten sein Bein gehoben, also ich muss schon sagen, da kann man als Plakatgestalter viel bewegen, dass man den Hundehass in die richtigen Bahnen lenkt.

Das Einzige, was für den Brenner immer noch nicht richtig gepasst hat, war der Maserati vor dem Haus. Weil normalerweise bei Menschen mit Mords-Kinderinteresse das Sportwageninteresse nicht so im Vordergrund. Eigentlich schade, weil das ist genau wie mit dem Klavierspielen, wenn man zu lange damit wartet, ist es oft zu spät, und kann passieren, dass sich das Interesse für eine echte Geschwindigkeit gar nicht mehr richtig wecken lässt. Aber gut, das ist meine rein persönliche Meinung.

Im Büro hat er sich gleich wieder ausgekannt, weil die Frau am Schreibtisch hat wieder gut zum Maserati gepasst. PS-mäßig, wenn ich das so ausdrücken darf. Mein Gott, hat die eine laute Stimme gehabt. Und eine schnelle Auffassungsgabe, das muss ich fairerweise auch dazu sagen.

Weil dass der Brenner ein bisschen Detektiv gegen die Hundekekse macht, hat die im Nu begriffen, aber sie hätte es nicht gleich mit dieser lauten Stimme um den Erdball schicken müssen: «Ah! Ja! Detektiv!»

Und dass er gleich einmal auf ihren Verein gestoßen ist, hat man ihr nicht lange erklären müssen, sondern sofort die Pferde scheu machen mit ihrem Organ: «Ah! Und da glauben Sie jetzt, dass wir die Hundekeksstreuer sind!»

Beruf natürlich Journalistin, das hast du bestimmt gleich erraten, wenn jemand so schnell alles versteht. Aber sonst muss ich trotzdem sagen, das war einmal eine nette Journalistin, vielleicht weil sie so dick war. Hundert Kilo hat die bestimmt auf die Waage gebracht, aber ob du es glaubst oder nicht, sie hat trotzdem nicht dick gewirkt, so flink ist die auf ihrem Drehstuhl herumgewetzt. Früher, wie sie noch Tiertante im Fernsehen war, ist die gertenschlank gewesen, und da hat sie sich ein bisschen ins Herz vom Intendanten geschwindelt, aber dann hat sie drei Kilo zugenommen, hat sich eine Dünnere ins Intendantenherz geschmuggelt, die ist dann neue Tiertante im Fernsehen geworden. Aus Kummer über die Degradierung dann erst die restlichen vierzig Kilo zugenommen.

Aber psychisch wieder vollkommen am Dampfer, seit sie von den Tieren auf Kinder umgesattelt hat, sprich, schon wieder zehn Kilo abgenommen. Und wenn sie nicht diese furchtbare bunte Bluse angehabt hätte, dann wären ihr noch einmal fünf Kilo abgezogen worden. Aber es hilft nichts, jetzt haben sie diesen Modeschöpfer vor ein paar Jahren sogar extra erschießen lassen, und die Leute ziehen seine Sachen erst recht an.

«Was glauben Sie, wie viele Hunde wir in Wien haben?», hat sie den Brenner gleich einmal geprüft. Weil nett schon, aber resolut, frage nicht.

«53 000 amtlich gemeldet», hat der Brenner brav geantwortet, «offizielle Dunkelziffer hunderttausend.»

«Sehr gut. Und was heißt das im Klartext?» Und furchtbare Gewohnheit, ohne Unterbrechung sofort selber die Antwort geben: «Wahrscheinlich befinden sich zweihunderttausend Hunde in Wien. Und der Großteil davon sind Illegale.»

Weil das ist immer so mit dem offiziell und inoffiziell, da gibt es dann vom Inoffiziellen wieder eine offizielle Schätzung, damit wird das Inoffizielle offiziell, das geht ewig so weiter, das ist wie mit diesen Liedern, wo jede Strophe um einen halben Ton höher anfängt, und am Schluss sind die Stimmen schon so hoch, dass das menschliche Ohr sie gar nicht mehr hören kann, nur die Hunde können es noch hören, und da sage ich, immerhin vierhunderttausend Ohren allein in Wien, da zahlt es sich aus, dass man ewig weitersingt.

Die Journalistin hat der Brenner dafür gut gehört: «Die offizielle Seite nimmt nicht in die Hochrechnung hinein, dass gerade die Besitzer der Illegalen gut aufpassen, dass sie in keine Kontrolle kommen.»

«Die Politik traut sich nichts gegen die Hunde sagen.»

Da muss ich zugeben, das hat der Brenner gut erkannt. Weil wenn du heute als Politiker einen Hund nur schief anschaust, Wahldebakel schon fertig, da brauchst du gar nicht mehr antreten. Ja im Gegenteil, du musst als Politiker selber einen Hund haben oder zumindest einen Ehepartner mit einem schönen Hund. Schöner Hund viel wichtiger als schöner Ehepartner, haben sie herausgefunden, weil schöner Ehepartner löst Neid aus, schöner Hund aber nicht Neid, sondern Liebe, so sind die Leute.

«Aber wir haben nichts gegen Hunde», hat die Journalistin gebrüllt. «Das wird uns ja immer nur von unseren Gegnern unterstellt. Die hundehassenden Schickimickis, die Angst um ihre Designerschuhe haben.»

«Sie haben nichts gegen Hunde?»

«Unsere Gegner sind nicht die Tiere, sondern ihre Besitzer», hat die Journalistin auf einmal so sachlich getan, dass sie sich damit richtig verdächtig gemacht hat. Aber nur weil jemand sachlich tut wie der reinste Ärztekammerpräsident, ist er noch lange kein Gauner, und die Journalistin jetzt gute Argumente: «Es gibt kaum eine Großstadt, die so viele Grünflächen hat wie Wien. Und trotzdem werden Sie keinen Quadratzentimeter finden, wo Sie sich ins Gras legen können, ohne nachher nach Hundepisse zu riechen.»

«So habe ich es noch gar nicht betrachtet.»

«Na sehen Sie», hat sie gegrinst. «Von mir können Sie noch was lernen.»

Das Telefon hat geklingelt, und das war dann im Grunde der Anruf, mit dem die Katastrophe erst so richtig ins Rollen gekommen ist. Schon interessant, wie einem das Telefon oft die ganze Welt auf den Kopf stellt. Das muss gar nicht so dramatisch wie beim Schmalzl sein, der Anruf selber war dieses Mal sogar ganz harmlos. Da hat der Brenner gleich gesehen, was für eine intelligente Frau die Journalistin war. Weil da gibt es ja die Leute, die schreien in das Telefon hinein, dreimal so laut, wie sie normal reden. Früher haben die Leute noch kein rechtes Vertrauen in die schwarzen Telefone gehabt, und wahrscheinlich deshalb Geschrei, und heute natürlich mit den Handys, wo der Mensch in der Öffentlichkeit das Intime besprechen kann.

Aber die Journalistin hat jetzt in das Telefon gerade nicht hineingeschrien, sondern leiser geredet als vorher, fast schon normale Zimmerlautstärke. Und sehr zärtlich, mit ihrer besten Freundin, der Conny. Und interessant. Obwohl der Brenner in dem Moment ja noch gar nicht gewusst hat, dass die Conny auch für ihn einmal so eine Art beste Freundin wird, hat er in dem Moment endgültig gespürt, dass es ein Frauenfall wird, quasi Himmelfahrtskommando.

Aber schön der Reihe nach.

Zwei Minuten hat das Telefonat gedauert, aber dem Brenner ist es vorgekommen wie eine halbe Stunde. Jetzt hat er sich gesagt, noch eine halbe Stunde verliere ich nicht, und ist ihrem tiefen Luftholen mit seiner Frage in die Quere gekommen:

«Haben Sie eine Vorstellung, wer diese Hundekekse ausstreut?»

Möchte man glauben, eine präzise Frage, kann man einfach beantworten, mit einem Satz, oder meinetwegen sollen es vier, fünf Sätze sein. Aber ich glaube fast, sie hat den Brenner für ein bisschen blöd gehalten, weil sie es ihm gar so genau erklärt hat: Wien Großstadt, zu viele alte Leute mit zu vielen Hunden in den Parks, zu wenig Platz für die Kinder, dann oft bürgerkriegsähnliche Kämpfe zwischen Hundebesitzern und Kinderbesitzern, Hundebesitzer natürlich bei den bürgerkriegsähnlichen Tätigkeiten sehr im Vorteil, weil Hund an der Leine immer bedrohlicher als ein Kleinkind, das noch nicht beißen kann.

Nicht beißen, aber schlucken. Und siehst du, da ist sie doch noch bei einem hervorragenden Argument gelandet:

«Eltern scheiden von vornherein aus. Bei uns herrscht nämlich die allergrößte Panik, dass einmal ein kleines Kind so ein Hundekeks findet und verschluckt.»

Wie der Brenner das zum ersten Mal gehört hat, ist es für ihn ein interessantes Argument gewesen. Aber wie er es dann eine Stunde später zum hundertsten Mal gehört hat, war es schon weniger interessant. Weil der Clubabend hat dann angefangen, immer mehr Mütter und Kinder sind eingetrudelt, Väter auch, aber nicht viele, vielleicht dass die anderen inzwischen im *White Dog* gewartet haben. Vielleicht waren die Früchtchen-Mütter deshalb so gegen den Schmalzl. Aber ich weiß es nicht mit Sicherheit, vielleicht waren die Väter auch nur so fleißig im Büro.

Der Brenner hat sowieso andere Sorgen gehabt. Weil da hätte man glauben können, er selber ist der Hundekeksstreuer, so zornig haben die Mütter immer wieder versucht, ihm verständlich zu machen, wie gefährlich die Hundekekse für die kleinen Kinder sind. Ich glaube, wenn der Mensch sich sehr für das Pädagogische interessiert, tendiert er dazu, dass er dir alles dreimal erklärt. Das war aber nicht der Grund, dass dem Brenner am nächsten Tag so fürchterlich der Kopf geschwirrt ist.

Richtig böse auf ihn geworden sind die Mütter ja erst, wie er die Hartwig erwähnt hat. Zuerst hat er sich gar nicht ausgekannt. Aber dann hat er begriffen, warum sie in ihrer Wut über ihn herfallen. Die Hartwig hat Pläne mit dem Flakturm gehabt, das glaubst du nicht. Die wollte mit ihrem Vermögen den Flakturm in ein Tierheim umbauen. Das musst du dir einmal vorstellen!

«Aber der Herr Brenner kann doch nichts dafür», hat auf einmal jemand gesagt, wie sie ihn so in die Zange genommen haben, als wäre er schuld an den Hartwig-Plänen. Und siehst du, das ist die Conny gewesen, die hat ihn in Schutz genommen. Das war einmal eine sensible Person, die hat das gemerkt, dass der Brenner da unschuldig niedergeschrien wird. Und ein Lächeln hat die gehabt, ich sage nur, eine hauchdünne Zahnlücke zwischen den oberen Schneidezähnen. Mein lieber Schwan, mit diesem halben Millimeter hat sie den Brenner wirklich am falschen Fuß erwischt. Aber das war auch nicht der Grund, dass ihm am nächsten Tag so fürchterlich der Kopf geschwirrt ist.

Die Conny war es dann auch, die dem Brenner gegenüber den Namen des Erbhundes erwähnt hat. Ob du es glaubst oder nicht, ausgerechnet seine Puppi war es, die die Millionen für den Flakturmumbau beigesteuert hat. Da hat der Brenner regelrecht gespürt, wie sich aus weiter Ferne ein Gedanke nähert, wo er in der nächsten Sekunde zwei und zwei zusammenzählen und alles lösen wird. Das musst du dir vorstellen wie einen Hubschrauber, der noch ganz knapp außer Hörweite ist, aber wenn der Föhn sich nur ein bisschen in deine Richtung dreht, hast du ihn schon im Kopf.

Leider ist im selben Moment die fünfzehnjährige Tochter der Conny bei der Tür hereingekommen. Die Mali, mein Gott, so heißen die jungen Mädchen eben heute. Die Mali und die Conny haben ausgesehen wie Schwestern. Nur dass die Mali eine Narbe im Gesicht gehabt hat, vom linken Ohr bis zum Mund. Da ist ihm der Gedanke, den er fast gehabt hätte, natürlich wieder hinuntergefallen. Und ein Gedanke, der dir hinunterfällt, bevor du ihn überhaupt gehabt hast, taucht auch nicht mehr so leicht auf. Die Narbe im Gesicht der fünfzehnjährigen Mali war aber auch nicht der Grund, dass ihm am nächsten Tag der Kopf so fürchterlich geschwirrt ist.

Jetzt was war der Grund, dass ihm der Kopf am nächsten Tag geschwirrt ist wie der reinste Hubschrauber?

Neun

Ein Gedanke und ein Hubschrauber, das ist ein guter Vergleich. Weil man den Hubschrauber noch nicht sieht und noch nicht einmal richtig hört, aber er ist doch schon in der Nähe. Ganz ähnlich schleicht ein Gedanke sich in dein Hirn. Jetzt ist der Brenner am nächsten Tag im Augarten gesessen, hat stundenlang den Flakturm angestarrt und darauf gewartet, dass sein Kopf endlich zu schwirren aufhört und der Gedanke auftaucht, der ihm im Gespräch mit der Conny wieder hinuntergefallen ist.

Er hat den Rasensprinklern zugeschaut, die prächtige Regenbögen in die Luft gezaubert haben, damit das Gras in der Föhnhitze nicht schon Anfang Mai braun wird, er hat ihrem monotonen Klappern zugehört, er hat den Krähen zugeschaut, die vom Flakturm aufgestiegen sind, er hat die alten Leute beobachtet, die von ihren kläffenden Hunden an den verstellbaren Leinen durch den Park gezogen worden sind, und er hat zum ersten Mal im Leben verstanden, warum sich Menschen so ein Vieh anschaffen.

Weil als Detektiv zieht dich der Fall durchs Leben. Als Allgemeinmensch hast du wieder so deine drei bis vier Ziele, und die ziehen dich auch schön durchs Leben, der eine will nicht zu dick werden, der andere will nicht zu dünn werden, und und und. Jetzt wenn du im Leben alles erreicht hast, warum sollst du dir nicht im Alter einen Hund anschaffen, der dich durch die Gegend zieht. Und wenn so ein Vierbeiner mit seinem freundlichen «Guten Morgen» Tag für Tag in aller Herrgottsfrüh tausend Menschen den Schlaf raubt, dann erwachen nicht nur diese Personen, da erwacht in denen auch der Wunsch: Ich will es zu etwas bringen, Millionär werden und ein Haus kaufen in einem großen Garten, wo mich kein Dreckspinscher mehr aus dem Schlaf bellen kann. Und siehst du, schon haben wieder tausend Menschen ein Ziel, und im Grunde zieht so ein Hündchen nicht nur seine steinalte Besitzerin durch den Augarten, sondern das zieht tausend Menschen durch den blühenden Park des Lebens, und da sage ich, das ist eine schöne Lebensaufgabe für einen Hund.

Der Brenner ist auf seiner Parkbank gesessen und hat so weggetreten auf den Flakturm gestarrt, wie er gestern der Mali auf die Narbe gestarrt hat. Sicher, man macht das eigentlich nicht, wem so direkt auf die Narbe starren. Aber die Conny hat ihm auch nichts geschenkt. Weil die hat laut und vor allen Leuten zu ihm gesagt: «Autounfall. Drei Tage vor ihrem vierten Geburtstag.»

Das war schon ein bisschen ungerecht, weil er hat ja nur zum Teil auf die Narbe geschaut, zum Teil ins Leere, so wie man eben nicht immer am intelligentesten dreinschaut, wenn einem gerade ein Gedanke hinunterfällt. Und glaubst du, der Gedanke wäre dem Brenner jetzt wieder eingefallen? Irgendwo ganz in der Ferne hat er ihn gehört wie einen knapp außer Hörweite auftauchenden Hubschrauber. Aber so geht es im Leben. Statt dass der Gedanke auftaucht, versinkt der Brenner auf einmal in der Erinnerung, dass er einmal Hubschrauberpilot werden wollte.

Du musst wissen, der Brenner war auch einmal jung, und der hat auch einmal seine Jungpolizistenträume gehabt. Weil so wie du als Kind vielleicht von einem Hund träumst, mit dem du spielen und herumlaufen kannst, herrliche Kinderzeit, ja was glaubst du, so träumst du als junger Polizist von einem Hubschrauber, mit dem du herumfliegen kannst, und herrliche Jungpolizistenzeit.

Der Brenner hat sich jetzt so in seinen Erinnerungen verloren, dass sogar der alte Jungpolizistenärger in ihm wieder aufgestiegen ist. Über die Leute. Weil leider gibt es immer wieder Leute, die glauben, man kann einen Hubschrauberpiloten mit einem Flugzeugpiloten vergleichen. Dabei weiß doch der Dümmste, dass ein Flugzeug von selber fliegt. Flugzeugpilot wirst du nur, wenn du für Postauto-Chauffeur den Fitnesstest nicht bestehst.

Der Brenner ist im Augarten erst aus seinen Hubschraubergedanken aufgeschreckt, wie er gehört hat, dass er da mit seiner Jungpolizistenstimme vor sich hinmurmelt: «Da ziehe ich vor jedem Busfahrer zehnmal den Hut, bevor ich einen Flugzeugpiloten nur grüße.»

Eigentlich unverständlich, dass er sich da so hineingesteigert hat. Wo er doch damals bei der Polizei nicht einmal zum Informationsabend für die Kandidaten eingeladen worden ist. Du musst wissen, der Verantwortliche für die Hubschrauberausbildung war der Bruder von der Uniform-Depotchefin, mit der der Brenner einmal nach der Weihnachtsfeier, quasi Uniformüberprüfen. Ausgerechnet im Auto von ihrem Bruder, das hat der dem Brenner natürlich nie verziehen.

Von dem strengen Kollegen hat der Brenner es jetzt gedanklich nicht weit zu den Früchtchen-Müttern gehabt, mit denen er am Abend Erziehungsfragen diskutiert hat. Weil in der Polizeischule haben sie ja auch viel über den pädagogischen Umgang mit den Leuten gelernt. Zum Beispiel bei der Polizei ganz wichtig: Nicht zu spät zuschlagen, wo es dann viel gewaltsamer wird, sondern gleich im Keim ersticken.

Einen guten Wein haben sie gehabt beim Früchtchen-Clubabend, jetzt ist der Brenner in eine menschenfreundliche Stimmung gekommen, wo er sich gedacht hat, mein Gott, die Mütter sind heutzutage alle so jung, die könnten meine Töchter sein, da ist es bestimmt schwierig, ohne Lebenserfahrung so ein Kind großzuziehen. Und warum soll er ihnen nicht ein bisschen helfen. Jetzt hat er ihnen die wichtigste Methode verraten, sprich: Im Keim ersticken.

Mein lieber Schwan, die haben ihm das Wort im Mund verdreht, das glaubst du gar nicht. Eine hat sogar so getan, als hätte der Brenner für die Ohrfeige gesprochen, nur weil er aus der Polizeierfahrung gesagt hat: Nicht zu spät zuschlagen. Das war eine Haarspalterei zum Davonlaufen. Die haben einfach nicht begreifen wollen, dass der Brenner gerade gegen die Ohrfeige gesprochen hat. Stundenlang hat er versucht, ihnen zu erklären, wie er es gemeint hat.

Vielleicht ist er auch ein bisschen zu laut geworden, aber es war ihm eben wichtig. Nicht für die Ohrfeige, im Gegenteil. Aber da waren zwei, drei Kampfmütter dabei, die sind nicht davon heruntergestiegen, dass der Brenner für die Ohrfeige gesprochen hat. Da hat er dann so eine Wut gekriegt, dass er vielleicht wirklich ein paar Dinge gesagt hat, die man nicht sagen soll. Obwohl, das eine war gut, wo er gesagt hat: «Erziehung, Ernährung, Verdauung!» Das hat er ein paar Mal wiederholt, immer mit dem «-ung» hinten dran, und hingedreht hat er es so, dass da ein Kind vielleicht auch komisch im Kopf wird, wenn seine Eltern den ganzen Tag nur mit zerfurchter Stirn über die drei «-ung» diskutieren.

Aber da waren Gott sei Dank schon nicht mehr so viele von den Eltern da. Die sind aus Protest gegen den Brenner früher heim gegangen. Am Ende nur noch die Journalistin und die

Conny mit ihrer Tochter. Die Journalistin hat immer laut gelacht, wenn er was gesagt hat, und die Conny hat ihn immer mitleidig angeschaut. Die Tochter mit ihrer blöden Narbe hat ihn sowieso nur angeglotzt, als wäre er so eine Art Marsmensch.

Aber interessant, wie die Conny ihn dann endlich dazu gebracht hat, dass er sich auch auf den Heimweg macht, ist ihm etwas passiert, wo er selber geglaubt hat, Marsmensch.

Das musst du dir einmal vorstellen. Er geht vom Früchtchen-Abend heim, argumentiert innerlich noch fest gegen die Ohrfeige, auf einmal pflanzt sich vor ihm dieser Marsmensch auf, so ein braun gebrannter Bodybuilder in einem Jogginganzug, bei dem man vor lauter Glanzstreifen fast eine Netzhautablösung kriegt.

Aber Netzhautablösung war nicht das Problem. Trommelfell war das Problem. Weil der Marsmensch fragt ihn nur kurz, ob er der Brenner ist, und patsch! Schön mit der flachen Hand.

Klatschen hat es der Brenner gar nicht richtig gehört, dazu hat sich sein Trommelfell zu schnell verabschiedet. Aber trotzdem demütigend, so eine Ohrfeige mitten ins Gesicht. Und vor einem wildfremden Marsmenschen auf dem Boden herumkriechen, auch nicht schön. Da hat ihm wirklich einmal wer eine Lektion erteilen wollen. Pädagogisch natürlich zweifelhaft, weil fast hätte er gar nicht mehr gehört, wie der Schläger ihm noch einen guten Rat mit auf den Lebensweg gegeben hat, sprich: Lass die Finger von der Hundesache.

Siehst du, das war es, warum ihm heute der Kopf so fürchterlich geschwirrt ist. Und deshalb ist ihm dauernd ein Hubschrauber in den Sinn gekommen, weil sein Ohr seit dem Aufwachen pulsiert hat wie der reinste Hubschrauberrotor, kennst du bestimmt, dieses dumpfe Schlagen, ganz ähnlich, wie wenn ein fürchterlicher Gedanke bei dir anklopft, aber du lässt ihn nicht herein.

Aber nicht dass du glaubst, die Ohrfeige hat ihm mit dem Trommelfell gleich auch die Euphorie zerrissen. Sicher, äußerlich hat es vielleicht so ausgesehen. Da sitzt ein Frühpensionist im Jogginganzug mit einer geschwollenen Gesichtshälfte im Augarten und starrt stundenlang den Flakturm an, das sieht nicht nach Euphorie aus.

Aber innerlich natürlich, wenn das nicht immer noch die frühpensionsbedingte Schockeuphorie war, dann könnte ich es mir nur so erklären, dass er doch bei der Watschen eine mittlere Gehirnerschütterung eingefangen hat. Weil Föhn und verwunschene Augartenseele hin oder her, ganz normal ist das nicht, dass der Augarten auf einmal anfängt, sich langsam um den Flakturm zu drehen. Dass die Sängerknaben sich einfach zur Porzellanmanufaktur hinüberdrehen, und die Porzellanmanufaktur zum Awawa-Buffet hinüber, und das Awawa-Buffet zur Hundezone Gaußplatz, und die Hundezone Gaußplatz zum Kinderschwimmbad, und das Kinderschwimmbad zum Altersheim, und das Altersheim zum Ambrosi-Museum, und das Ambrosi-Museum sich zu den Sängerknaben hinüberdreht, wie das reinste Ringelspiel, nur weil du seit Stunden im Augarten sitzt und dem Gras beim Grünen zuschaust.

Aber interessant. Die Krähen in der Luft haben sich nicht mitgedreht. Die sind in richtigen Wolken aus dem Flakturm in den Himmel gestiegen, da hat der Brenner gar nicht wegschauen können. Der Flakturm war denen ihr Zuhause, so wie die Magdalena-Wohnung dem Brenner sein Zuhause war. Und geschrien haben die Krähen, da hat sich der Brenner einen Moment lang eingebildet, er hört menschliche Hilfeschreie.

Überhaupt muss ich sagen, durch die unnatürliche Hitze hat dieser Frühling sich fast herbstlich angefühlt. Die frischen Blätter sind an den Bäumen verdorrt, das Wasser aus den Sprinklern ist schon verdunstet, bevor es den Rasen erreicht hat, die Dunstglocke der Hundepisse ist so zäh über dem Augarten gehängt wie sonst nur Mitte August, und vor dem Kinderschwimmbad haben Eltern demonstriert, dass man das Bad jetzt schon aufsperren soll, einen Monat früher als normal. Und die Krähen haben auch nichts Frühlingshaftes, die haben etwas Herbstliches.

Möchte man glauben, wenn sich im Brenner-Kopf schon alles im Kreis dreht, müsste der Gedanke auch irgendwo zum Vorschein kommen. Wenn er an die Hartwig denkt, die den Flakturm umbauen will, an die Früchtchen denkt, die ihm das Wort im Mund umdrehen, an den Schmalzl denkt, der ihn auch noch auf die Manu Prodinger ansetzt, an die Amtsärztin denkt, die so nett war, ihm das Ohr notdürftig mit einem Gewebekleber zu reparieren, während sie ihm das andere mit ihren Sorgen voll gequatscht hat, dann müsste doch irgendwann die alte Regel ins Spiel kommen. Sprich, an etwas anderes denken, dann fällt es dir schon ein.

Aber es ist ihm nicht eingefallen. Jetzt hat er es einmal umgekehrt probiert, mit extra dran denken.

Aber sosehr er sich auch angestrengt hat, der Gedanke war weg. Und die Krähen waren jetzt auch weg. Weil ob du es glaubst oder nicht. Ein Hubschrauber ist über dem Flakturm geschwebt und hat sie vertrieben.

Dass es so was gibt! Dieser Gedanke hat sich so gut versteckt, dass noch eher ein echter Hubschrauber aufgetaucht ist, als dass sich der Gedanke persönlich blicken hätte lassen. Und siehst du, diesen Hubschrauber muss der Brenner schon die ganze Zeit gehört haben, das muss es gewesen sein, was seine Hubschraubergedanken ausgelöst hat, quasi unbewusst. Weil nur Krähen allein lösen noch keine Hubschraubergedanken aus. Trommelfell allein genügt auch nicht. Das ist alles nichts gegen das ferne Schlagen der Rotorblätter, das du als Mensch schon wahrnimmst, bevor du es richtig hörst.

Der Hubschrauber ist jetzt über dem Flakturm gestanden, einen Augenblick lang hat der Brenner sogar geglaubt, der überwacht den Augarten, quasi Jagd auf den Keksestreuer.

Jetzt, warum steht der Hubschrauber wirklich über dem Augarten? Das hat den Brenner so interessiert, dass er sogar von seiner Bank aufgestanden ist. War vielleicht auch besser so, wenn du zu lange auf einer Bank sitzen bleibst und auf einen Gedanken wartest, kann es sein, dass du anwächst. Ein bisschen weiche Knie hat er jetzt sowieso gehabt, nachdem ihn der Augarten so verhext hat, dass er einen Moment lang schon geglaubt hat, die Krähen schreien Hilfe.

Langsam ist der Hubschrauber immer weiter heruntergesunken, und der Brenner war sicher, dass er im Augarten landen will. Aber wie er näher hingegangen ist, hat er gesehen, er landet gar nicht, er schwebt sogar wieder ganz langsam aus dem Augarten hinaus.

Jetzt wo hat der Hubschrauber ihn hingeführt? Zuerst einmal aus dem Augarten hinaus. Gaußplatz, Jägerstraße, Luftlinie waren das wahrscheinlich nicht mehr als fünfzig Meter von der Augartenmauer. Gerade genug, dass der Brenner auf einmal vor dem Eingang zum Tierzinshaus der Hartwig gestanden ist. Und dort hat er etwas gehört, das war noch ohrenbetäubender als der Hubschrauber. Weil das Hundekläffen aus dem Hartwig-Haus heraus war nicht mehr feierlich.

zehn

Heute hat er aber nicht klingeln müssen. Er ist nicht einmal bis zu den Klingeln vorgedrungen, da hat er gar nicht lange überlegen müssen, nehme ich TIERE, nehme ich SUMMER. Die herumstehenden Leute sind auf den Brenner losgegangen, weil sie geglaubt haben, er ist der Polizist, auf den sie schon seit einer Stunde warten.

Ob du es glaubst oder nicht, die entnervten Nachbarn haben die Polizei gerufen, so wild haben die Tiere sich aufgeführt. Die Tierpflegerin war auch da, aber die hat keinen eigenen Schlüssel gehabt, und die Hartwig hat ihr schon seit drei Tagen nicht mehr aufgemacht. Drei Tage ohne Futter, da sind die Tiere natürlich verrückt geworden.

«Ich hab geglaubt, der Hubschrauber macht sie so wahnsinnig», hat der Brenner gesagt.

Weil das war wirklich ein Gekläff, dazu noch das Hubschrauberknattern, dazu sein Ohr, die Tierpflegerin hat ihm das meiste dreimal sagen müssen, bis er es verstanden hat. Sie hat natürlich auch eine leise Stimme gehabt, und blass war die, der war die reinste Vorahnung ins Gesicht geschrieben.

«Im Gegenteil, vorher waren sie noch viel wilder», hat sie gesagt. «Jetzt geht es ja schon. Aber trotzdem, ich kann Ihnen nicht raten, dass Sie da allein hineingehen.»

Weil die hat immer noch geglaubt, der Brenner ist der Herr von der Polizei. Aber sie hätte die Warnung gar nicht aussprechen müssen. Da war ihre Blässe schon Warnung genug. Natürlich, sie hat ein schwarzes T-Shirt angehabt, das steht den rothaarigen Tierpflegerinnen nicht, das hat sie noch zusätzlich blass gemacht. Ich sage immer, den rothaarigen Tierpflegerinnen stehen eher die Erdtöne, das Olivgrün, die Gulaschfarbe, das kleidet sie, aber Schwarz macht sie so blass, dass sie zum Fürchten ausschauen.

«Jetzt fliegt er wieder weg», hat die Tierpflegerin gesagt.

Ja richtig, das Ohr ist gleich laut geblieben, aber der Hubschrauber immer leiser geworden. Und jetzt pass auf. Ausgerechnet in dem Moment, wo der Hubschrauber verschwunden war, hat der Gedanke sich wieder blicken lassen.

«Jetzt bellen sie überhaupt nicht mehr», hat die Tierpflegerin sich gewundert.

Aber was ich noch zu dem Gedanken sagen wollte. Die lassen sich für meinen Geschmack schon auch oft ein bisschen zu sehr bitten. Und wenn sie sich dann doch herablassen, sind sie oft nicht einmal so besonders. Aber dass es so was gibt! Genau in dem Moment, wo der Gedanke schon so real war, dass sich gleichzeitig ein Vorgefühl der Enttäuschung über seine Schmalbrüstigkeit im Brenner breit gemacht hat, ist das Hartwig-Tor von innen aufgegangen, genau so, wie einem oft ein Gedanke wie durch ein aufgedrücktes Tor in den Kopf spaziert. Und aus dem Hof sind zwei maskierte Polizisten herausgekommen. Und ob du es glaubst oder nicht, bei diesem Anblick ist dem Brenner der Scheiß-Gedanke schon wieder hinuntergefallen.

Ich muss sagen, es war auch wirklich kein schöner Anblick, der sich da hinter den zwei maskierten Polizisten geboten hat. Im Hof sind überall die Hunde herumgelegen. Das war auf einmal eine derartige Stille, da hat der Brenner nicht gewusst, was ist gespenstischer, die totale Stille im rechten Ohr oder das Pulsieren im linken Ohr. Die Hunde haben ausgesehen, als würden sie nur schlafen. Und jetzt gute Nachricht, sie haben wirklich nur geschlafen. Die Puppi ja auch nur geschlafen. So arm sie auch da gelegen ist, der Brenner hat sie gleich wieder erkannt. Nicht tot wie die Manu. Nur friedlich geschlafen vom polizeilichen Betäubungsgewehr.

Weil du darfst eines nicht vergessen. So ein unterbeschäftigter Elitepolizist freut sich natürlich, wenn er einmal einen Einsatz hat. Da kann man nicht anrufen und hysterisch ins Telefon schreien, dass im Hof dreißig ausgehungerte Kampfhunde herumrennen, und sich dann beklagen, wenn die Polizei Nägel mit Köpfen macht, oder besser gesagt, Hubschrauber mit Betäubungsgewehr.

Aber interessant. Von dem Hubschraubereinsatz, vom Betäubungsgewehrschießen und vom Abseilen in den Hof hinunter sind die zwei Maskierten so befriedigt gewesen, dass sie danach direkt ein bisschen zu entspannt waren.

Sie haben den Brenner mit der Tierpflegerin ins Haus gelassen. Ich glaube fast, so wie die Tierpflegerin ihn für einen Polizisten gehalten hat, haben die Polizisten ihn wieder für einen Tierpfleger gehalten. Und während die Polizisten im ganzen Haus auf der Suche nach der Hartwig waren, haben der Brenner und die Tierpflegerin die ausgehungerten Hausbewohner versorgen dürfen.

Das war ein Aufruhr, frage nicht. Und der Brenner zum ersten Mal in seinem Leben so etwas wie Hundeliebe. Er hat sich richtig gefreut über den Tanz, den die Tiere aufgeführt haben, weil das hat die Leere übertönt, die ihre Besitzerin im Haus zurückgelassen hat. Und die Stille übertönt, die aus dem Hof heraufgekommen ist. Und das schlechte Gewissen übertönt, das der Brenner aus irgendeinem Grund der Hartwig gegenüber gehabt hat. Und die Hilfeschreie der Krähen in seinem Kopf übertönt. Der Brenner jetzt sogar philosophischer Gedanke: Vielleicht haben die Leute deshalb so gern Hunde um sich, damit sie ihnen in die Leere und Stille und in die schlechten Vorahnungen ein bisschen hineinbellen.

Diesen Gedanken hat er sogar der Tierpflegerin gegenüber geäußert. «Jetzt verstehe ich, warum man sich ein Tier hält», hat er angefangen.

Aber die Tierpflegerin war so mit den Hunden beschäftigt, dass sie dem Brenner nicht recht zugehört hat. «So?», hat sie geschäftig gesagt, da hat er genau gemerkt, es interessiert sie nicht.

Jetzt hat er sich lieber bei ihr entschuldigt und erklärt, dass er gar nicht von der Polizei ist, sondern Hundekeks-Detektiv. Aber ihr war das egal. Die hat sich nur für Tiere interessiert, und wenn schon Menschen, dann nicht Männer. Unfreundlich war sie trotzdem nicht zum Brenner, und sie hat ihm sogar erzählt, dass am letzten Tag, bevor die Hartwig verschwunden ist, auch ein komischer Mann da war. «Auch ein komischer Mann», das hat dem Brenner nicht besonders geschmeckt. Aber noch weniger geschmeckt hat ihm, dass dieser Mann ein Feuermal auf der Glatze gehabt hat. Und ob du es glaubst oder nicht, die Tierpflegerin hat den auch für einen Polizisten gehalten.

Die richtigen Polizisten in ihren Kampfanzügen sind jetzt erschöpft und völlig verschwitzt von ihrer Hausdurchsuchung zurückgekommen. Und so geht es im Leben. Weil bei denen hat man wieder den Eindruck gehabt, sie wollen gerade nicht für Polizisten gehalten werden, sondern mehr für Luftkriegspiloten.

Aber die Hartwig spurlos verschwunden. Oder zumindest die zwei Maskierten haben diese Spur übersehen.

Wenn du zu viel Hubschrauber und Betäubungsgewehr machst, bist du oft blind für die kleineren Sachen. Weil auf dem Küchentisch war immer noch dieselbe Tischdecke wie letztes Mal, da hat der Brenner sogar den Kaffeefleck wieder erkannt, den er selber dort hinterlassen hat. Und auf der Tischdecke sind drei Hundekekse gelegen. Da hat man schon genau schauen müssen, dass man die Stecknadeln drinnen blitzen gesehen hat.

Und da siehst du wieder, was ich immer sage. Gedanke schön und gut, nichts dagegen einzuwenden, aber im Grunde führt es zu mehr, wenn du hinter einem realen Hubschrauber her gehst. Der führt dich schon richtig, und dann liegt die Antwort regelrecht auf dem Tisch. Sprich: Wenn die Hartwig die Puppi ausliefert und einschläfern lässt, verliert sie ja das Vermögen und kann den Flakturm nicht umbauen. Das hat sie ihm ja selber erzählt, dass der Hund laut Klausel mindestens dreizehn Jahre alt werden muss. Welcher Mensch würde denn so was machen, dass er sein eigenes Lebensprojekt freiwillig zerstört?

Aber interessant. Ausgerechnet in dem Moment, wie er die Hundekekse und den Gedanken in der Hand gehabt hat, ist ihm die Euphorie zerplatzt. Auf einmal hat er sich hundert Jahre alt gefühlt, oder so, wie man sich fühlt, wenn man am nächsten Tag krank wird, oder man geht spazieren, und aus einem offenen Fenster kommt die Stimme eines österreichischen Sportreporters heraus, praktisch totale Depression.

Dabei war das noch vorher. Noch bevor er die Tierpflegerin gefragt hat, wer eigentlich dieser Detektivkollege war, der damals die Hartwig ein Jahr lang überwacht hat.

elf

Hojac & Hojac» ist auf der Messingtafel gestanden, «gerichtlich beeidete Treuhänder für Tiervermögen». Und auf einer zweiten, genau gleich großen Tafel, aber nicht Messing, sondern Chrom: «Treuhund». Sonst nichts. Nur ein kleines Hündchen war neben dem Namen eingraviert. Und vielleicht ist es ihnen selber ein bisschen komisch vorgekommen, wieso hätten sie sonst auf der gegenüberliegenden Seite von der Eingangstür noch ein drittes Schild angebracht: «Treuhund. Treuhändische Erbverwaltung für Tiervermögen. Hojac & Hojac.»

Weil das hat dem Brenner die Tierpflegerin erzählt. Dass die Treuhund das Puppi-Vermögen für die Hartwig treuhändisch verwaltet. Aber ich habe den Brenner im Verdacht, dass er nur deshalb sofort beim Hojac vorbeigeschaut hat, quasi Aktivität, damit er den Detektiv wieder vergisst, nach dem er sie gefragt hat. Du musst wissen, der Brenner hat einmal bei der Rettung gearbeitet, und da wollte ein junger Kollege von ihm, der Schattauer Berti, unbedingt ein Detektivbüro mit ihm aufmachen. Der Brenner hat den jungen Träumer mit seinen unrealistischen Vorstellungen nur ausgelacht, jetzt hat es ihm auf seine alten Tage natürlich nicht geschmeckt, dass der es wirklich geschafft hat. Da ist im alten Brenner direkt noch einmal ein detektivischer Ehrgeiz erwacht.

Drei Schilder hat der Hojac an der Tür gehabt. Geschäftsleute können ja nicht genug davon kriegen, ihren Namen an die

Tür zu schreiben, das muss eine Sucht sein. Der Berti womöglich auch eigene Firma mit Schild an der Tür, hat der Brenner überlegt, aber nicht lange, weil er hat sich dann beim Spielen mit dem Hundekeks in seiner Tasche ganz elendig gestochen, und das hat ihn vom Berti befreit. Für den Moment jedenfalls.

Wenigstens das vierte Schild an der Tür war nicht Hojac, auch nicht Detektivbüro, sondern überhaupt ganz was anderes, schon rein von der graphischen dings her, quasi modern. Sprich bunte und vollkommen unleserliche Schriftzeichen, weil ich sage immer, früher hat es Hundefänger gegeben, und heute müsste es von Rechts wegen Graphikerfänger geben, aber bitte, reine Privatmeinung, jedenfalls beim dritten Mal Hinschauen hat der Brenner den blinkenden Ideenreichtum sogar lesen können: *Summer-Sun.*

Der Brenner hätte wetten können, dass er diese unleserliche Schrift schon einmal irgendwo gesehen hat. Auf einem Jogginganzugskragen.

Jetzt hat er zwar beim Hojac geklingelt, ist dann aber unterwegs noch schnell durch die Hintertür ins Solarium *Summer-Sun* hineingeschlüpft. Gesehen hat ihn niemand, das war mehr so ein Hinterzimmer, wo sie in einem Ikea-Regal die Anabolika in Fünfkilodosen gelagert haben. Und die Handtücher. Und die Jogginganzüge für die Angestellten. Aber das waren kein Frühpensionisten-Jogginganzüge. Sondern Glanzstreifen, dass du schon Netzhautablösung gekriegt hast, bevor du dich in die Sonnenbank gezwängt hast.

Interessante Nachbarschaft, in der diese Treuhund residiert, hat der Brenner sich gedacht, ist dann aber schnell wieder aus dem *Summer-Sun* hinaus, weil Angst um das zweite Trommelfell. Und nichts wie hinauf in den ersten Stock, wo er beim Hojac seinen Termin gehabt hat.

Wenn du den Schmalzl fragst, gibt es Zufall ja nicht. Ich persönlich glaube zwar eher, dass es kein Zufall ist, dass diesen Schmarren immer die größten Deppen behaupten. Aber bei gewissen Zufällen muss man natürlich schon zugeben: auffällig. Da war der Brenner auf den Hojac, der sein Büro direkt über dem *Summer-Sun* gehabt hat, natürlich doppelt neugierig.

Jetzt Vorurteile. Man soll sie der Jugend nicht beibringen. Man soll den jungen Menschen sagen, pass auf, ein Treuhund-Jurist muss nicht in jedem Fall ein schmieriger Friseur-Weltmeister sein, sondern schau ihn dir zuerst einmal an. Vielleicht ist das der sympathischste Mensch, den du jemals kennen gelernt hast. Nur nicht zu früh urteilen, und hinterher musst du zugeben, das Gegenteil ist wahr, dem Hojac würde ich auf der Stelle einen Gebrauchtwagen abkaufen, oder sagen wir: Pass ein bisschen auf meine minderjährige Tochter auf, da würde der Hojac als Erster infrage gekommen.

Aber leider, gerade der Hojac ein schlechtes Beispiel, wo man die Jugend zu mehr Toleranz abrichten könnte. Eine ausgesprochene Sympathiekanone war der Hojac wirklich nicht. Da geht es in der Gesellschaft oft einmal gegen die feisten Gesichter, und darum sag ich das nicht gern. Weil warum soll nicht ein feistes Gesicht auch einmal sympathisch sein? Mein Gott, der lässt es sich eben gut gehen, und dann legt sich das ein bisschen an im Gesicht. Aber interessant. Besonders fett war das Gesicht vom Hojac gar nicht. Nur besonders feist. Weil fett wird ein Gesicht vom Essen, und das ist vollkommen in Ordnung. Aber feist wird ein Gesicht vom feisten Lächeln. Und da ist es natürlich aus mit der Sympathie. Wenn ein Mensch so feist daherlächelt, das steckt die Umgebung an, da kriegst du das Gefühl, alles um ihn herum auch feist, sein BMW feist, seine Schuhe feist, und alles was er sagt, ebenfalls feist.

Aber nicht dass du glaubst, ich meine das negativ. Im Gegenteil, das Feiste war ja am Hojac noch das Sympathische. Die gesunde Farbe war da schon eher das Problem. Dass man gesagt hat, jetzt ist er schon so feist, muss er unbedingt so eine gesunde Farbe auch noch haben? Weil man hat gleich gesehen, der muss selber der beste Kunde von seinem Nachbarn sein, sprich *Summer-Sun*. Obwohl er höchstens vierzig Jahre alt war, hat er schon diese leuchtend weißen Faltenstriche auf seinem feisten Bronzehals gehabt, und diesen Effekt kriegst du einfach nur zusammen, wenn du dich eisern jeden Tag in die Sonnenbank quetschst. Da hat der feine Anwaltsanzug direkt unpassend an ihm gewirkt, der weiße Hemdkragen zum Solariumshals, furchtbar.

Im Grunde hätte der Hojac sogar besser als Geschäftsführer ins *Summer-Sun* hinunter gepasst. Im Jogginganzug hätte er vielleicht sogar sympathisch gewirkt. Und ob du es glaubst oder nicht, es hat sich dann herausgestellt, das Solarium unten gehört auch dem Hojac, quasi Imperium.

Da haben sich einmal zwei richtige Gegenteile in die Augen geschaut. Das Brenner-Gesicht mit den steilen Wangenfalten, da hätte man glauben können, eine Hojac-Visage ist zum Schönheitschirurgen gegangen, damit sie das Feiste wegkriegt, und nach drei Tagen Operation ist der Brenner herausgekommen, quasi Überkorrektur, und die Narben sind nicht mehr weggegangen.

Aber interessant. Zwei Gegenteile haben oft eine prächtige Unterhaltung. Der Brenner hat den Hojac in ein Gespräch über das Treuhandgeschäft verwickelt, weil da hat er vom Schmalzl den einen oder anderen Begriff über das Geschäftliche aufgeschnappt, Profit, Kredit, Eier ausreißen, jetzt hat er sich leichter getan.

«Tiervermögen», hat der Brenner gesagt. «Das ist schon sehr innovativ, oder?»

«Das Verwalten von Tiervermögen ist der Trend der Zukunft.»

«Ideen muss man haben», hat der Brenner gesagt, weil das war das Credo vom Schmalzl, Ideen muss man haben, und der Brenner intuitiv: Was dem Schmalzl gefällt, müsste dem Hojac auch gefallen.

«Mit Ideen hat das gar nichts zu tun.»

Siehst du, das ist hochinteressant, manchmal liegt in einer negativen Reaktion mehr Bestätigung, als wenn dir wer Recht gibt. Aber der Hojac eben doch eine Spur kultivierter als der Schmalzl, weil er hat dem Brenner jetzt erklärt, warum es nichts mit Ideen zu tun hat.

«Das ist nur aus Not entstanden. Not macht erfinderisch, heißt es. Und bei den regulären Treuhandschaften kommst du ja nicht hinein. Die lassen dich ja gar nicht an den Futtertrog.» Jetzt hat der Hojac, der sonst immer so optimistisch wie der größte Narr am Dorpflatz dreingeschaut hat, direkt für einen Moment ein bisschen bitter gelächelt. «Die haben sich das Revier seit Generationen aufgeteilt, das ist eine einzige Freunderlwirtschaft.» Und dann beim Hojac wieder umso optimistischeres Augenblitzen: «Aber den Trend zum Tiererbe haben sie übersehen.»

«Ideen muss man haben.»

Am liebsten hätte sich der Brenner die Zunge abgebissen. Gerade hat ihn der Hojac zurechtgewiesen, und jetzt sagt er es schon wieder. So was Blödes, kein Mensch lässt sich gern zweimal zurechtweisen, aber es ist ihm herausgerutscht, was willst du da machen.

«Ja. Das war eine gute Idee.»

Das ist das Schöne am Leben, dass es immer anders geht, als man vorher erwartet hat. Gerade noch wollte der Brenner sich die Zunge abbeißen, und jetzt kommt der Hojac ausgerechnet dadurch ins Reden.

«Wenn man nicht mit so vielen Spinnern zu tun hätte», hat er ein bisschen angefressen gesagt. «Dass die mit ihren Stecknadelkeksen die Hunde umbringen, wissen Sie was, ich bin alles andere als ein Tiernarr, aber das ist doch fürchterlich.»

Siehst du, man kann einem Menschen nicht gleich jede menschliche Regung absprechen, nur weil er ein feistes Grinsen hat. Aber jetzt hat der Hojac ja gar nicht gegrinst. Jetzt hat er weitergeredet. «Andererseits muss ich ehrlich sagen, wenn ich eine kleine Tochter hätte, die im Park von einem Hund zerfleischt wird –»

«Dann könnten Sie es verstehen?»

«Was weiß ich. Die Hunde umbringen, das kann man vielleicht verstehen. Aber die Manu Prodinger? Und die Hartwig?»

«Sie glauben, dass die Hartwig auch tot ist?»

«Keine Ahnung.»

«Und das mit dem kleinen Mädchen, das haben Sie nur so als Beispiel gesagt?»

Der Hojac hat es natürlich nicht nur so als Beispiel gesagt. Er hat es mehr so als Anschuldigung gesagt, quasi Vernaderung. Aber statt zu antworten, ist er jetzt aufgesprungen, hat die Umbaupläne für den Flakturm aus einem Büroschrank geholt und für den Brenner schön an der Pinnwand aufgehängt.

Unglaublich, das waren schon absolut ausgefeilte Pläne, schön mit Stempel vom Architekturbüro. Den Brenner hat es ein bisschen an die ägyptischen Pyramiden erinnert, weil das hat er einmal im Fernsehen gesehen, gewaltig, tausend Gänge und Stiegen und düster bis dorthinaus, und jetzt eben wieder

Pläne, und wieder Gänge und Stiegen und düster bis dorthinaus.

«Das sieht für mich gar nicht wie ein Tierheim aus», hat der Brenner gesagt, weil als Laie kannst du solche Pläne ja nicht richtig verstehen. Das war so ein riesiger Bau, da hätte eine ganze Fernsehanstalt hineingepasst. Und von einem «Sie sind hier» brauchst du bei so einem Plan nicht einmal träumen.

«Wir müssen ja die vorhandene Bausubstanz nutzen», hat der Hojac dem Brenner erklärt und ihm begeistert die Tierheimpläne erläutert. «Die elf Etagen in dem Bunker können wir ja nicht einfach herausreißen. Das ist massivste Bunkerarchitektur.» Seine feisten Augen haben richtig fanatisch zu zwinkern angefangen. «Bei Luftangriffen war das der sicherste Ort in ganz Wien. Für Tausende Menschen. Der Flakturm war mit eigenen Brunnen und Kraftwerken ausgerüstet! Der ist unzerstörbar!», ist mit dem Hojac die Leidenschaft durchgegangen.

Dem Brenner ist für einen Moment fast vorgekommen, der Hojac spricht von einem Menschen, so zärtlich hat er gesagt: «Unmittelbar nach dem Krieg sind ihnen zwei Waggonladungen mit Sprengstoff explodiert, und er hat nicht einmal mit einem Ohr gewackelt.»

Dabei hat er mit seiner teueren Füllfeder auf eines der Betonohren am Plan gezeigt. Weil der Flakturm hat knapp unter dem Dach diesen Kranz aus acht Betonohren, sprich Abschussrampen für das leichte Flakgeschütz. Und da hat man schon gesehen, dass der Hojac eine echte Liebe zu dem Bau hat. Vor lauter Begeisterung über die Unzerstörbarkeit hat er den Riss über einem der Betonohren mit keinem Wort erwähnt.

«Da oben hat er aber schon einen kleinen Riss», hat der Brenner ergänzt.

Und jetzt zeigt der Hojac mit seiner Füllfeder auf den Riss und lächelt ein bisschen und sagt ganz leise: «Eine Narbe.»

Dem Brenner ist vorgekommen, er fährt mit seiner Füllfeder richtig genüsslich die Flakturm-Narbe auf und ab.

Und auf einmal grinst der Hojac idiotisch und sagt: «Von einem Autounfall natürlich.»

Der Brenner hat geglaubt, er hört nicht richtig. «Wie bitte?»

«Ich hab schon die ganze Zeit den Eindruck, dass Sie auf einem Ohr schlecht hören», hat der Hojac feist gegrinst.

Der Brenner hat getan, als könnte er damit nichts anfangen, jetzt hat der Hojac noch nachgesetzt: «Aber für ein schlechtes Ohr wird Ihre Mama bestimmt keinen Rachefeldzug beginnen. Es ist ja nicht so schlimm wie die Narbe in einem hübschen Mädchengesicht.»

Und wenn ich sage, Ärzte sind gut im Hinausbugsieren, dann sind Anwälte noch viel besser darin. Der Hojac hat dem Brenner jetzt mit einer eleganten Körperdrehung signalisiert, dass es höchste Zeit für ihn ist.

«Wenn Sie was herausfinden über die Hartwig, lassen Sie es mich wissen», hat der Hojac ihm zum Abschied mit auf den Weg gegeben.

Der Brenner hätte ihm am liebsten die Ohrfeige zurückgegeben. Aber er hat sich zusammengerissen und ist einfach gegangen.

zwölf

Beim Hinuntergehen haben den Brenner immer noch die Pläne beschäftigt. Natürlich, das «Sie sind hier» hat gefehlt, aber das war es nicht, «Sie sind hier» gehört ja gar keines auf Architektenpläne. Als Laie kannst du mit solchen Plänen sowieso nicht viel anfangen, aber beeindruckt hat es ihn doch, mitten in den Augarten so ein monströses Tierheim hineinstellen.

Im Grunde war der Flakturm ja jetzt schon ein Tierheim, wo die Krähen um Hilfe schreien. Da hat er auf der Straße direkt ein bisschen vor sich hin gepfiffen, damit er sich nicht fürchtet.

Die Melodie von «Mama». Kennst du bestimmt, das war einmal so ein holländisches Wunderkind, Heintje, der hat eine Stimme gehabt, das glaubst du gar nicht, so rein und klar, und der hat gesungen, dass allen Müttern sofort die Tränen in die Augen gestiegen sind, wenn er nur den Mund aufgemacht hat. Der hat gesungen «Oma so lieb, Oma so nett», oder noch besser «Ich bau dir ein Schloss», aber am allerbesten natürlich: «Mama», da gibt es gar keine Diskussion.

Das hätte sich der Brenner auch nie träumen lassen, dass er diese Melodie jemals pfeifen wird. Weil damals in Puntigam warst du entweder beim Jimi Hendrix dabei oder beim Heintje, beides gleichzeitig ist in der Natur nicht vorgekommen. Der eine goldene Kehle, der andere an seinem Erbrochenen erstickt, einen größeren Unterschied gibt es nicht. Und wenn du damals beim Jimi Hendrix warst, dann war es unvorstellbar, dass du dreißig Jahre später auf einem Wiener Gehsteig den Heintje pfeifen wirst.

Jetzt wie ist so was überhaupt möglich? Du wirst sagen, wenn der Brenner tagelang im Augarten herumgegangen ist, dann muss er ja auch am Heim der Wiener Sängerknaben vorbeigekommen sein, und da wird er vielleicht einmal gehört haben, wie die das «Mama» für den Muttertag geprobt haben, weil der Heintje ist ja irgendwann in den Stimmbruch gekommen, aber Gott sei Dank die Sängerknaben echte Wunderkinder, sprich ewig jung, und die können «Mama» singen bis zum Jüngsten Tag.

So gesehen ist die Vermutung nicht ganz unsinnig, dass der Brenner die Melodie da beim Spazierengehen aufgeschnappt haben könnte wie das reinste Hundekeks. Meistens sind sie ja auf Welttournee, aber kann sein, dass die zwischendurch auch noch daheim in ihrem Augarten-Internat «Mama» zwitschern.

Der Brenner ist in der Simmeringer Hauptstraße am Gehsteig dahingegangen und hat mit so viel Vibrato gepfiffen, dass die Fensterscheiben gezittert haben. Da hätte die Straßenbahn eifersüchtig werden können, so ein Vibrieren ist in der Luft gelegen. Die beiden «Mama»-Töne sind auf seinen Lippen geflattert, dass seine Wangenfalten gezittert haben wie das reinste Espenlaub, oder wenn du kein Espenlaub kennst, stell dir einen Vanillepudding vor, den dir eine nervöse Kellnerin auf den Tisch stellt.

Das war natürlich schon eine Situation, wo man sagen muss, bitte Vorsicht. Weil du darfst eines nicht vergessen. Früher haben die Männer anders gepfiffen als heute, mit mehr Schmelz, mit mehr Vibrato, der Großvater vom Brenner hat immer ganz anders gepfiffen als der Brenner in seiner Jugend, da ist die ganze Lebenserfahrung im Pfiff drinnen gewesen, Schmerz, Matrose, Mädel, alles. Jetzt warum pfeift der Brenner auf einmal mit so viel Schmelz wie sein Großvater in Puntigam?

Der Brenner hat das natürlich schon von früher gekannt. Dass ihm das Unbewusste oft einen kleinen Tipp gibt. Er pfeift irgendetwas, quasi Ohrwurm, und da steckt womöglich im Ohrwurm die Mordlösung drinnen. Aber es ist ihm immer erst aufgefallen, wenn es schon zu spät war, da ist das Unbewusste oft ein kleiner Sadist, das gibt dir einen Faden in die Hand, an dem hängst du dich dreimal auf, bevor er dich einmal aus dem Labyrinth hinaus und zum Täter führt.

Und heute hat ihn sowieso ganz was anderes beschäftigt. Dass er jetzt auch schon so pfeift wie sein Großvater. Sprich wie ein alter Mann. Das hat den Brenner so schockiert, dass er nicht mehr weitergepfiffen hat. Aber natürlich, so eine Melodie ist stärker als der größte Wille, jetzt haben sich seine Stimmbänder selbständig gemacht und einfach leise weitergesummt.

Ich muss ehrlich sagen, früher hätte er sich oft gewünscht, dass er den Hinweis versteht, und keine Chance. Und dieses Mal hätte er es lieber nicht gewusst. Und was tut sein Unbewusstes? Bindet es ihm laut und deutlich auf die Nase. Die Mama von der Mali hat dir erzählt, dass die Narbe im Gesicht ihrer Tochter von einem Autounfall kommt. Und der Hojac deutet an, es ist von einem Hundebiss.

Während er bei den Früchtchen angerufen hat, hat er natürlich nicht gesummt. Aber danach hat er dafür wieder gepfiffen. Aber nicht «Mama», sondern so, wie wenn man mit dem Pfiff sagen will: Da kommt jetzt ein bisschen viel zusammen. Weil von der Journalistin hat er erfahren, es gibt eine kleine Geburtstagsparty für die Mali. Und die Conny hat ihm ja erzählt, dass der angebliche Autounfall ein paar Tage vor dem Mali-Geburtstag passiert ist.

Auf eine Geburtstagsparty geht man natürlich nicht gern ohne ein kleines Geschenk. Du wirst sagen, der Brenner und ein Geburtstagsgeschenk für ein gerade sechzehnjähriges Mädchen, das kann ich mir nicht vorstellen, dass er da überhaupt eine Idee hat. Aber das ist nicht gesagt. Du kannst als Brenner auch einmal durch die Simmeringer Hauptstraße spazieren, «Mama» summen und eine prächtige Idee für ein Geburtstagsgeschenk haben.

Schau, der Brenner selber hat zu seinem Fünfziger von der Kassierin im SoHo ein nettes Geschenk bekommen. Eine Zeitung von dem Tag, wo er in Puntigam auf die Welt gekommen ist. Weil da gibt es eigene Geschäfte, da kannst du heute Zeitungen von früher kaufen. Ich muss ganz ehrlich sagen, viel ist an dem Tag nicht passiert, wo der Brenner geboren worden ist. Da ist er ausgerechnet an einem Tag geboren worden, wo die Welt ein bisschen ruhiger unterwegs war, ich möchte nicht sagen geschlafen, aber vielleicht doch Kraft gesammelt für richtige Tage. Trotzdem, sehr interessant, so eine Zeitung von dem Tag, wo du auf die Welt gekommen bist.

Und zumindest jetzt hat der Brenner etwas davon gehabt, weil eben Idee, so eine Zeitung kaufe ich der Mali auch zum Geburtstag. Er hat einfach die Magdalena angerufen, ob sie weiß, wo er so eine Zeitung kriegen könnte, und die hat einen Kunden angerufen, und der hat seine Sekretärin gefragt, und die hat es gewusst. Drei Minuten später ruft die Magdalena zurück und sagt ihm das Geschäft.

Und eine Stunde später hat der Brenner die Zeitung in der Hand gehabt. Aber natürlich, der eigentlich Grund, warum ihm die Idee mit der Zeitung gekommen ist, war die Sache, die ihm der Hojac erzählt hat. Weil er hat sich in dem Geschäft noch drei andere Zeitungen geben lassen. Für die Tage vor dem vierten Geburtstag von der Mali. Wo sie angeblich ihren Autounfall gehabt hat.

Das war natürlich schon eine detektivische dings, wo ein junger Rotzer wie der Berti noch immer viel vom Brenner lernen könnte. Aber dem Berti wäre dafür vielleicht nicht schlecht geworden. Jetzt warum ist dem Brenner schlecht geworden? Und warum hat in seinem Schädel der Jimi Hendrix auf der Elektrogitarre «Mama» gespielt? Ich muss zugeben, der Jimi hat es ein bisschen übertrieben, der hat es immer gern recht jaulen lassen, aber jetzt für den Jimi gesprochen: Das übertriebene Jaulen hat in dem Moment schon sehr gut zum Gemütszustand vom Brenner gepasst.

Ganz elegant ist es ja nicht, wenn man beim Geschenk-Kaufen gleichzeitig in der Vergangenheit des Geburtstagskindes ein bisschen nachschaut, ob die Narbe wirklich von einem Autounfall stammt. Aber jetzt war es zu spät. Man kann nichts ungeschehen machen, und man kann etwas, das man einmal weiß, nicht mehr nicht wissen.

Und mildernd könnte man auch noch dazu sagen: Wenn so ein Mädchen als Kind von einem Hund entstellt worden ist, kann die schon in den schwierigen Pubertätsjahren auf die Idee kommen, sich an den Hunden zu rächen. Die ist vielleicht gut im Basteln und bastelt ein paar Hundekekse. Und wenn sich dann der Geburtstag mit der schrecklichen Erinnerung wieder einmal nähert, kann sie sich nicht mehr zurückhalten und streut sie wirklich aus. Nicht dass das vollkommen in Ordnung wäre, aber da hätte die Öffentlichkeit vielleicht schon ein bisschen Verständnis gehabt, und eine Therapie muss her, und wir sind wieder gut.

Jetzt hat die Geburtstagszeitung in der Hand vom Brenner direkt ein bisschen zu zittern angefangen, wie ihn das Foto von der vierjährigen Mali angehüpft ist. Weil du darfst eines nicht vergessen. Die Besitzerin des Hundes ist die Hartwig gewesen.

Dreizehn

Die Stimmung beim Kindergeburtstag hat den Brenner ein bisschen an die Polizeischule erinnert. Aber nicht dass du glaubst, die Kinder sind so brav und diszipliniert um die Geburtstagstorte gesessen und haben auf ihr Tortenstück mit der Kerze gewartet, so wie sich vielleicht die Polizeischüler brav am Ausgabefenster für die Schlagstöcke anstellen, kein Vordrängen, keine blöden Kommentare, gar nichts.

Gut, dass ich Gelegenheit habe, mit diesem Vorurteil einmal aufzuräumen. Weil der Brenner ist ja in den siebziger Jahren in die Polizeischule gegangen, sprich antiautoritäre Polizeischule. Da haben sie als Lehrer Hippies und Gammler gehabt, frage nicht. Von der Praxis keine Ahnung, die Herrn Matura-Polizisten, aber natürlich Theorie eins a. Das war eine Unterwanderung, da hat es geheißen, Haare über den Hemdkragen macht auch nichts, oder: Nicht gleich jeden Haschisch-Maturanten erschießen, sondern Psychologie, Gespräche, Einfühlen. Und sogar, Frauenfall auch nicht so schlimm.

Da sind natürlich damals viele echte Polizeitalente schon in der ersten Woche ausgestiegen und zur privaten Konkurrenz gegangen, frage nicht. Und solche wie der Brenner sind geblieben. Aber siehst du, gerade für einen Frauenfall war einer wie der Brenner wieder besser. Nicht immer stur geradeaus, sondern auch einmal den schönen Umweg nehmen, das haben sie ihm ja bei der Polizei immer zum Vorwurf gemacht. Aber bei gewissen Fällen ist das genau richtig. Und da hat es immer wieder ganz bestimmte Gauner gegeben, die ausgerechnet dem Brenner auf den Leim gegangen sind. Erklären lässt sich so etwas nicht mit letzter Bestimmtheit, aber ein gescheiter Mann hat einmal gesagt, dass jeder Mensch eigentlich nur eine Hälfte ist, und der muss seine andere Hälfte finden, das ist sogar der Lebenszweck, und da kommt immer einer als Detektiv auf die Welt und der andere als Gauner.

Zu viel Gutes möchte ich über den Brenner aber auch nicht sagen. Die Kinder haben ihn zum Beispiel schon wahnsinnig nervös gemacht. Da will ich gar nicht behaupten, es wäre nur der Zeitungsartikel über die Mali gewesen, der ihn so aufgeregt hat. Sondern das Geschrei hat ihn nervös gemacht. Und das Herumrennen hat ihn nervös gemacht. Und das Lachen hat ihn nervös gemacht. Weil wenn du es nicht gewöhnt bist, macht dich im Grunde schon allein die Nähe eines Kindes nervös.

Bei den Früchtchen hat schon noch einmal ein anderer Wind geweht als damals in der Polizeischule. Da waren Eltern am Werk, wo die Phantasie der Kinder wichtiger war als vielleicht die Frage, ob zwei und zwei immer ganz genau vier sein muss. Und die Kinder haben bestimmt keine Besinnungsminute bekommen, wenn sie mit dem Geburtstagsessen ein bisschen die Wände verziert haben. Eher noch eine Besinnungsminute, wenn sie die Buchstabensuppe einfach hinuntergegessen haben, statt wenigstens ein kleines Gedicht am Tellerrand, muss keine große Dichtung sein, der Wille zählt, Essen ist zum Spielen da, und einfach hinunterfressen, das können auch die Tiere.

Ob das für die Zukunft die besseren oder die schlechteren Detektive abgibt, trau ich mich gar nicht vorauszusagen. Muss man abwarten und dann schauen.

Der Brenner hätte jetzt einfach ein bisschen Ruhe gebraucht, damit er mit der Conny reden kann. Die Conny endlich fragen, warum sie ihn angelogen hat, warum sie gesagt hat, Autounfall, und nicht Hundebiss. Und nur notfalls die Zeitung als Beweis herausziehen, falls sie es wirklich immer noch abstreitet. Aber vor allen Leuten wollte er sie nicht bloßstellen. Schließlich war die Conny es, die ihn letztes Mal in Schutz genommen hat. Und sie war schon wieder so freundlich zu ihm, und immer mit der Zahnlücke zwischen den Schneidezähnen, quasi Geheimwaffe. Da bist du vielleicht als angehender Frühpensionist doppelt empfindsam, wenn dich so eine Mutter, die deine Tochter sein könnte, mit dieser Zahnlücke anlächelt.

Er hätte sie endlich zur Rede stellen müssen. Aber leider, da war der Brenner jetzt ein richtiges Lehrbeispiel dafür, wie man es nicht machen soll. Weil das ist ein altes Lied: Wenn der Mensch mit einer berechtigten Aggression nicht herausrückt, kommt sie indirekt heraus. Das ist, wie wenn du die Melodie, die dir im Kopf umgeht, nicht pfeifst, dann summst du sie. Bei der Melodie ist das nicht so schlimm, aber wenn dir die Aggression an der falschen Stelle herauskommt, kann dich der Gegner leicht einmal am falschen Fuß erwischen. Und wie der Brenner am anderen Tisch wieder einmal zwei Mütter mit zerfurchter Stirn diskutieren hört über Erziehung, Ernährung, Verdauung, erzählt er der Conny so laut, dass es alle hören:

«Mein Großvater hat mir einmal eine mit der Verkehrten gegeben, weil ich eine ganze Packung Täcksnägel in den Küchentisch genagelt habe.»

Jetzt natürlich großer Fragesturm bei den Früchtchen-Eltern. Was sind Täcksnägel, was ist eine Verkehrte?

Verkehrte natürlich leicht zu erklären, mit der flachen

Hand klatscht die Ohrfeige zwar lauter, brennt ein bisschen, beschämt dich bis auf die Knochen, tut aber weiter nicht weh, außer du hast Pech und es zerreißt dir das Trommelfell. Mit der Verkehrten klatscht es viel weniger, ist aber natürlich schon am halben Weg zum Faustschlag, weil die Knöchel sind hart und das Jochbein ist ja beim Menschen nicht viel wert, das geht schon aus dem Leim, wenn du falsch hustest. So hat der Brenner es den Früchtchen-Eltern erklärt, in ruhigen Worten, es hat ihn schon ein bisschen gewundert, dass jemand nicht weiß, was eine Verkehrte ist, aber bitte, dann muss man es demjenigen eben erklären.

Aus irgendeinem Grund müssen die Eltern den Brenner aber falsch verstanden haben. Weil er hat laut und deutlich gegen die Verkehrte Stellung bezogen, und soll man bei einem Kind nie machen, hat er alles unterschrieben, aber die Gesichter sind ihnen rundherum mit jedem Brenner-Wort mehr eingeschlafen. Je lauter und deutlicher der Brenner gesagt hat, ich bin gegen die Verkehrte, umso düsterer die Gesichter der Eltern. Aber nicht dass du glaubst, die Früchtchen-Eltern für die Verkehrte.

Sondern eben höhere Schule. Sprich, wer gegen die Verkehrte argumentiert, tut ja so, als wäre die normale Ohrfeige in Ordnung. Ich muss sagen, da ist was dran an diesem Argument, und die Früchtchen-Eltern haben ja nicht wissen können, dass der Brenner es nicht so meint. Und außerdem, wie kaltschnäuzig ihn die Conny angelogen hat wegen der Narbe ihrer Tochter – das war genauso ein Schlag mitten ins Gesicht! Da hätte der Brenner jetzt ein super Argument gehabt, das wäre eine Diskussion geworden, frage nicht. Aber er wollte ja lieber mit den anderen Müttern böse sein, nicht mit der Conny. Jetzt hat er nur gesagt:

«Mir hat es nicht viel ausgemacht. Wir haben ja als Buben untereinander auch viel gerauft. Das war ein komischer Tag, wenn du einmal ohne Prellung heimgekommen bist.»

Mein lieber Schwan! Das hätte er lieber nicht sagen sollen. Spaß in dem Sinn haben die jungen Mütter keinen verstanden. Also vielleicht gibt es Themen, wo die auch ihren Spaß verstehen, bestimmt, da möchte ich niemandem unrecht tun, ich wette darauf, dass sich irgendwo die richtigen Themen verstecken. Und wenn die einmal gefunden werden, da wird sich zeigen, dass es viel Spaß auch im pädagogischen Umfeld gibt, und dann vielleicht sogar Erziehung zum Lachen, und genau die richtige Ernährung, damit der Lachmuskel auch bestimmt die ganze Belastung aushält.

Aber wie gesagt, so weit sind wir heute noch nicht, das ist noch ein bisschen Zukunftsmusik. Und der Brenner hat es jetzt auch langsam begriffen. Die Müttermädchen sind gar nicht in erster Linie wild auf seinen Großvater gewesen, da hätte der Brenner ja noch die Hoffnung gehabt, dass er womöglich via Mitleid ein bisschen an die Conny herankommt. Weil Mitleid schinden oft gar nicht das schlechteste Rezept, nur dass man eine Frau, die man übers Mitleid ins Bett gelockt hat, nicht mehr so leicht los wird, das ist der größte Pferdefuß bei der Mitleidstour, aber egal, bei der Conny hat es sowieso nicht funktioniert.

Da ist der Brenner jetzt ein bisschen mit dem Rücken zur Wand gestanden. Wie die Müttermädchen den Brenner da eingekreist haben, ich muss ehrlich sagen, die könnten bei der Polizeischule jederzeit das Überfallkommando einschulen. Was heißt hier, bei einem Kind nicht mit der Verkehrten und so weiter? Ja ja natürlich, auch nicht mit der flachen Hand, hat der Brenner sofort alles zugegeben. Und dass man heute bei einem Kind überhaupt weitgehend ohne körperliche dings auskommen soll. Da hat er sich wirklich in ein Eck hineindiskutiert. Ausgerechnet der Brenner, der hat nicht einmal in seiner Zeit als Polizist, wenn er das volle Recht dazu gehabt hätte, gern hingehaut.

Du musst wissen, Polizisten sind ja gern paarweise unterwegs, und da gibt es natürlich immer die große Streiterei, wer schaut weg und wer darf hinhauen, und der Brenner hat zwar manchmal ganz gern hingehaut, weil du hast viel Stress, der muss irgendwohin, aber er hat nie gern die Hand genommen, ich glaube, eine gewisse Berührungsscheu, sondern lieber ein kleiner Stoß mit dem Pistolengriff, das ist nicht so familiär wie eine Ohrfeige und tut sogar mehr weh.

Was soll ich sagen, je mehr der Brenner aus seinem Erfahrungsschatz zum Besten gegeben hat, umso grantiger sind die Mütter geworden. Und dann hat überhaupt niemand mehr etwas gesagt. Und dann hat ihn die Conny wieder einmal gerettet. Weil die hat in die peinliche Pause hinein gefragt: «Und was sind Täcksnägel?»

«Täcksnägel sind diese winzig kleinen Nägelchen, wo hundert in einer Packung sind», hat der Brenner erklärt. «Mein Großvater war Schreiner, und in der Werkstatt hab ich alles voll nageln dürfen. Aber ich hab eben als kleines Kind nicht begriffen, dass es in der Wohnung was anderes war. Und wie ich einmal den ganzen Tag allein zu Hause war –»

Am Stirnrunzeln hat er gleich erkannt, dass er schon wieder zu viel ausgeplaudert hat, jetzt Korrektur:

«Oder war's auch nur eine Stunde, weil länger war ich ja gar nie allein. Jedenfalls hab ich irgendwo eine Packung Täcksnägel gefunden. Wir haben einen schönen runden Tisch aus Nussholz gehabt. Und da hab ich dann den Rand entlang immer mit einem Zentimeter Abstand einen Täcksnagel hineingejagt, bis rundherum eine richtige silberne Zierleiste war, jeden Finger breit Abstand ein silberner Punkt. Außer wo ich mich vernagelt habe, da war es vielleicht ein kleiner Beistrich. Und –»

«Kreativ!», hat ihn eine der Mütter mit strenger Stimme unterbrochen.

«Damit hat das überhaupt nichts zu tun», hat der Brenner sich gewehrt.

Aber da hat er keine Chance gehabt, weil jetzt hat sich die Stimmung zu seinen Gunsten gedreht, und eine Mutter nach der anderen: «Mein Gott, so schön kreativ! Ein genagelter Silberkranz!»

«Ja, und da hat er mir eben im ersten Zorn mit der Verkehrten ein paar gegeben.»

Und jetzt der Mitleidsbonus, dass es nur so gekracht hat, Verkehrte nichts dagegen. So kreativ, und dafür eine Verkehrte. Kein Wunder, diese wunderbaren Ansätze, und dann nur Polizist.

Der Brenner hat die Situation natürlich ausgenützt, wenn man ganz streng wäre, könnte man fast argumentieren, dass er ein bisschen seinen Großvater verkauft hat. Da hat er in der einen oder anderen Situation schon ein recht zweckorientierter Mensch sein können. Oder sagen wir einmal so. Er hat sich dann mit der Conny derart in eine Zweierdiskussion vertieft, dass er auf einmal mit ihr allein auf dem Balkon draußen gestanden ist.

Die Conny war die Einzige in der Runde, die geraucht hat, da hat der Brenner aus reiner Sympathie auch wieder mit dem Rauchen angefangen. Sie hat ihm aus ihrem Leben erzählt, dass sie beruflich viel mit der Mode macht, selber Kleider entwerfen, Hüte, alles.

Jetzt wirst du sagen, das wäre ein guter Moment gewesen, dass er die Zeitung herauszieht und die Conny zur Rede stellt, sprich Hundebiss, nicht Autounfall. Da hast du nicht Unrecht. Ich kann es mir auch nicht richtig erklären, aber aus irgendeinem Grund hat er es nicht getan.

Statt dass er die Zeitung herauszieht, sagt er zur Conny: «Heute gibt es schon Mütter, die meine Töchter sein könnten.»

«Ob ich dann auch zwei so Schnitte in meinen Wangen hätte, wenn ich Ihre Tochter wäre?»

Mein lieber Schwan! Der Brenner hat diese zwei senkrechten Falten in den Wangen gehabt, da haben schon viele Leute ihre Witze darüber gemacht, und das war überhaupt kein Problem. Aber die Conny hat Wangen gehabt, dass dem Brenner für ein paar Sekunden das Pulsieren im linken Ohr ausgesetzt hat.

«Jetzt sind Sie aber ziemlich still geworden», hat die Conny mit ihrer Zahnlücke gelächelt. Weil der Brenner ist eine Weile in Gedanken versunken, und sie hat ja nicht wissen können, dass ihre Wangen schuld daran waren.

«Die Wange», hat der Brenner gesagt.

Da hat er selber noch nicht gewusst, was er sagen wird.

«Die Narbe auf der Wange», hat er noch einmal angesetzt.

Und ich möchte fast wetten, dass er schon vorher den ganzen Blödsinn über die Ohrfeigen nur deshalb verzapft hat, weil man Ohrfeigen ja auch auf die Wange gibt, und wenn man etwas zurückhält, das man eigentlich unbedingt sagen müsste, kommt es meistens als Blödsinn heraus, und deshalb meine Meinung: Der Brenner hätte es lieber gleich sagen sollen, was er jetzt endlich herausgewürgt hat:

«Die Mali», hat er zum dritten Mal angefangen.

Natürlich hat ihn auch irritiert, dass die Conny ihn immer

noch angelächelt hat. Weil es gibt keinen böseren Blick auf dieser Welt, als wenn dich jemand böse anlächelt.

«Die Mali hat die Narbe auf ihrer Wange aber nicht von einem Autounfall.»

«Ach so?» Sonst hat sie nichts gesagt. Da können Frauen oft eiskalt sein, möchte ich nichts beschönigen.

«Ich sag es Ihnen nur, damit Sie sich nicht selber verdächtig machen», hat der Brenner es noch einmal probiert. «Es geht ja jetzt nicht mehr nur um die Hunde. Seit die Hartwig verschwunden ist.»

«Das war der Hojac, der Ihnen das erzählt hat», hat die Conny eiskalt gesagt.

«Ach so?» Siehst du, so schnell kannst du in die Defensive kommen, wenn du im Gespräch mit einer gescheiten Frau nicht aufpasst.

«Die Mutter mit dem krankhaften Hass auf Hunde, seit ihr Kind angefallen wurde», hat die Conny gesagt.

«Nicht nur auf Hunde. Auch auf die Besitzerin des Hundes, der ihre Tochter angefallen hat.»

«Ich werde Ihnen jetzt einmal was sagen. Einen Hass auf die Hartwig hab ich tatsächlich. Und wir haben seit Jahren Informationen über sie gesammelt. Und dass einer ihrer Hunde es gewesen sein muss, der die Manu Prodinger tot gebissen hat, das war uns vom ersten Tag an klar.»

«Die Hartwig wollte ihren eigenen Hund ausliefern.»

«Na, sehen Sie. Wenn wir ihr nicht mit einer Anzeige gedroht hätten, wäre die doch nie auf die Idee mit der freiwilligen Auslieferung gekommen.»

«Aber der Hund war die Puppi.»

«Na, sehen Sie!»

Dem Brenner war es fast unheimlich, wie schnell diese

Conny mit den Gedanken war. Womöglich, dass so eine ohrfeigenfreie Erziehung doch für das Denken ihre Vorteile hat. Weil egal, was er gesagt hat, die Conny hat es immer so gedreht, dass es für sie gut war.

«Wenn sie wirklich die Puppi ausliefern wollte, war der Einzige, der das fürchten musste, der Hojac. Wenn sie die Puppi einschläfern lässt, ist das Geld für seinen größenwahnsinnigen Flakturmumbau weg. Für den ist es ja viel besser, dass die Hartwig verschwunden ist. Jetzt kann er als Treuhänder völlig allein bestimmen.»

«Und warum soll ich Ihnen mehr glauben als dem Hojac? Schließlich haben Sie mich angelogen.»

«Wenn Sie lieber einem glauben, der nicht einmal unter seinem eigenen Namen lebt.»

Jetzt musst du dir das einmal vorstellen. Der Treuhund-Chef hat ursprünglich gar nicht Hojac geheißen. Der hat sich auf Hojac umschreiben lassen. Aus geschäftlichen Gründen. Weil früher hat dem nur das Solarium gehört, das *Summer-Sun*. Und der alte Hojac oben im ersten Stock hat keine Erben gehabt. Dem hat das imponiert, wie der junge Ingenieur sein Solarium aufgebaut hat, zuerst nur zwei Sonnenbänke, dann drei, vier Sonnenbänke, dann die erste Turboanlage und so weiter.

Jetzt hat der alte Hojac dem jungen Ingenieur geraten, setz dich noch ein paar Jahre auf die Uni, Jus-Studium schafft jeder Trottl, und dann kannst du meine Kanzlei übernehmen. In so einem Vertrauensgeschäft ist es natürlich immer gut, wenn die Namen am Schild über mehrere Generationen gehen. Jetzt hat der frisch gebackene Treuhund-Chef sich gesagt, da lass ich mich lieber gleich umschreiben, weil Tradition, Familienwerte, Vertrauensbasis, und dadurch hat er sich das schöne Schild machen können. Hojac & Hojac.

«Dass der Hojac Sie auch noch auf mich hetzt, das macht ihn wirklich mehr als verdächtig», hat die Conny gar nicht genug kriegen können von ihrer Gescheitheit. «Natürlich ist die Mali von einem Hund gebissen worden. Aber ich bring Sie um, wenn Sie zu ihr ein Wort davon sagen.»

Du musst wissen, die Mali ist gerade auf den Balkon herausgekommen. In den Augen vom Brenner hat sie sich durch nichts von ihrer jungen Mama unterschieden, außer durch die Narbe.

«Das Geburtstagskind», hat er ein bisschen den freundlichen Onkel gespielt, aber darauf hat sie gar nicht reagiert. In diesem jugendlichen Alter legt ja der Mensch oft Wert darauf, sich ein bisschen blöd zu benehmen.

Am Anfang hat der Brenner geglaubt, es ist die Narbe, dass sie so unfreundlich wirkt. Aber es war nicht die Narbe. Von der glatten Seite war die Mali genau gleich unfreundlich. Normalerweise möchte man glauben, mit der Zeit gewöhnt man sich an so eine Narbe. Aber beim Brenner war es genau umgekehrt. Die Narbe hat ihn immer mehr irritiert. Du wirst sagen, das ist normal, wo er doch jetzt gewusst hat, wem die Mali ihre Narbe verdankt hat. Das stimmt schon, und das wäre in dem Sinn auch in Ordnung gewesen. Aber das andere natürlich. Das ist mir jetzt ein bisschen unangenehm. Aus irgendeinem Grund hat ihm die Narbe im Gesicht des Mädchens gefallen.

«Ich finde es voll gut, was Sie gesagt haben», hat die Mali behauptet.

Das hat ihn jetzt überrascht, weil sie hat immer noch so böse geschaut, als ob sie gerade das Gegenteil gesagt hätte. Sie hat ihn herausfordernd angeglotzt, und jetzt hält sie ihm auch noch ihren Regenschirmchen-Drink hin und sagt: «Das war voll mutig von Ihnen.»

Der Brenner hat nur unbeholfen den Kopf geschüttelt. Vielleicht hat er gehofft, dass die Conny ein bisschen dazwischengeht, rede nicht so mit dem fremden Herrn, aber nichts da, im Gegenteil, die Conny hat sich inzwischen mit anderen Leuten unterhalten.

«Da haben Sie sich voll in die Nesseln gesetzt bei den Voll-Wapplern», hat die Mali gesagt und ihm weiterhin den Drink vor die Nase gehalten.

Der Brenner hat weiter den Kopf geschüttelt. Erstens hat er nicht aus ihrem Glas trinken wollen, zweitens hat ihn ihre Narbe irritiert, drittens hat er überlegen müssen, ob ihn das Mädchen auch versteht, wenn er einen Satz ohne «voll» sagt, und viertens hat er nicht gewusst, was sie meint. «Was hab ich denn gesagt?»

«Sie sind ja voll vergesslich.» Die Mali hat selber einen Schluck genommen, nachdem der Brenner nicht zugegriffen hat. «Dass man einem Kind ruhig einmal eine knallen kann», hat sie ihm auf die Sprünge geholfen.

«Das hab ich aber nicht gesagt.»

Der Brenner hat das ein bisschen onkelhaft gesagt, weil wie tust du mit einem gerade sechzehnjährigen Mädchen, das ist nicht immer ganz einfach für einen Mann, der schon auf die Frühpension zugeht. Obwohl ich ehrlich zugeben muss, sie ist ihm gar nicht wie gerade sechzehn vorgekommen. Im Grunde ist sie ihm durch die Narbe wie zwanzig vorgekommen. Und ob du es glaubst oder nicht. Er selber ist sich auch wie zwanzig vorgekommen.

Sie hat seine Meldung einfach überhört und ihm wieder ihren blöden Drink hingehalten, obwohl er schon vorher den Kopf geschüttelt hat. Mit diesen dünnen Mädchenarmen, kennst du bestimmt, das sieht aus wie Kinderarme, die als

Frauenarme maskiert sind, und über dem Arm war ein Stoff, noch dünner als der Arm persönlich, und die ganze Apparatur hat sie dem Brenner vor die Nase gehalten, quasi, trink doch einen Schluck aus meinem Glas. Aber offenbar hat sie in der Schule noch nicht gelernt, was Kopfschütteln bedeutet.

«Seit wann gibt es auf einem Kindergeburtstag Alkohol?», hat der Brenner gefragt.

«Ich habe eine Freundin», hat sie gesagt, ohne eine Miene zu verziehen, «die ist von ihrem Vater voll mit dem Gürtel geschlagen worden.»

Der Brenner hat schon wieder den Kopf geschüttelt. Diese Gans hat es doch wirklich darauf abgesehen, ihn zu provozieren. Und ihre Mutter ist jetzt schon auf der anderen Seite vom Balkon gestanden, da war für den Brenner keine Hilfe zu erwarten. Rein innerlich hat er ein bisschen «Mama» gesummt, aber natürlich, keine Mama ist ihm zur Hilfe gekommen.

Ich sag es nicht gern, weil Kinderschutz und alles, aber die Narbe hat wirklich sexy ausgesehen. Sexy nicht im sexuellen Sinn, mehr im allgemeinen Sinn. Und die hat das ganz genau gewusst, weil die Mali natürlich Luder bis dorthinaus, aber das gehört in diesem Alter einfach dazu. Und der Brenner jetzt geil bis dorthinaus, weil das gehört in diesem Alter eben auch dazu, da muss man für beide Seiten Verständnis haben, das sind einfach die natürlichen Entwicklungsphasen.

«Hunde schlägt man mit der Zeitung und streichelt man mit der Hand. Das finde ich voll faszinierend.»

Zeitung, das wäre natürlich sein Stichwort gewesen. Er hätte jetzt sagen müssen, ich weiß, warum du von solchen Themen fasziniert bist, und dann den Zeitungsausschnitt aus der Tasche ziehen. Aber er hat es nicht gemacht, und dafür gleich der nächste Fehler. Weil der Brenner hat jetzt doch einen

Schluck aus dem Glas von der Mali genommen, die schon wieder mit Schauergeschichten von den brutalsten Erziehungsmethoden angefangen hat. Und irgendwie hat es ihn schockiert, dass es kein Alkohol war, sondern reiner Babycocktail.

Ausgerechnet in dem Moment, wo er aus dem Glas ihrer Tochter trinkt, ist die Conny doch wieder zu ihnen gestoßen. Wie sie so nebeneinander gestanden sind, ist ihm vorgekommen, dass er von dem einen Schluck Babycocktail doppelt sieht. Man kann bestimmt viel gegen die Kripo sagen. Aber das haben sie schon gewusst. Warum sie vor den Frauenfällen immer so gewarnt haben. Und ob du es glaubst oder nicht, jetzt hat auch noch die Jüngere mit dem Lächeln angefangen. Voll süß gelächelt hat die. Er hat aber den Verdacht gehabt, dass sie ihn auslacht.

Dabei hat sie ihn erst drei Tage später ausgelacht.

vierzehn

Beim Frühstück gibt es in einer Ehe immer die zwei Parteien, die eine tendiert zu Ruhe und Zeitung, die andere wünscht sich Gespräche und Lies-mir-wenigstens-das-Horoskop-vor. Ich weiß nicht, ob dir das auch schon aufgefallen ist, aber heute werden sich ja Männer und Frauen immer ähnlicher, und da ist es umso wichtiger für die Kinder, dass sie noch unterscheiden können, den mit dem Horoskop und den mit dem dumpfen Geschau.

Der Brenner und die Magdalena natürlich keine Kinder, und wenn da jemand die Zeitung gelesen hat, dann war es die Magdalena, weil der sind die Schönheitstipps einfach nicht langweilig geworden. Für den Brenner war es schon ein guter Morgen, wenn ihm der Kopf nicht in die Kaffeetasse gefallen ist. Er hat einen starken Oberkörper gehabt, Schultern, ja was glaubst du, aber das war ja das Problem. Wenn dich die Muskulatur auf den Tisch hinunterzieht, ist es umso schlimmer, wenn du starke Muskeln hast. Deshalb hat er sich ja beim Frühstück immer so mit beiden Ellbogen an der Tischkante abgestützt. Wenn du so sitzt, fällst du nicht so leicht auf den Tisch hinunter, das ist der Vorteil. Der Nachteil natürlich: Du kannst nicht gleichzeitig Kaffee trinken. Nur damit du nicht glaubst, da ist ein Mönch bei der Magdalena am Frühstückstisch gesessen. Sondern das war natürlich schon der Brenner.

Er war der Magdalena dankbar, dass sie nichts geredet hat, darum hat er sich auch nie über den Gestank beschwert, den sie mit ihrem Nagellackentferner verbreitet hat. Aber ausgerechnet heute hat sich die Magdalena unbedingt mit ihm unterhalten müssen. Zuerst hat sie ihm sein Horoskop vorgelesen, da haben sie vor zu vielen beruflichen Entscheidungen gewarnt, und ob du es glaubst oder nicht, privat haben sie die älteren Herren vor dem jungen Gemüse gewarnt. Ganz unter uns gesagt, weil das hat der Brenner nie erfahren: Das mit dem jungen Gemüse hat die Magdalena aus dem Stand dazu erfunden, weil er hat ihr vielleicht ein bisschen zu viel von der Mali erzählt, jetzt hat sie ihm da einen kleinen Rat ins Horoskop geschwindelt.

Dann ihre zweite Zigarette, dann die Fingernägel, da hat er schon bemerkt, dass er heute einen schlechten Tag hat. Weil das war diese Art von Kopfweh, die den ganzen Tag nicht mehr weggeht, und da brauchst du Rauch und Nagellackgestank nicht unbedingt zum Glücklichsein.

Und dann fragt sie auch noch: «Und machst du gute Fortschritt mit Nachforschung?»

Ihm ist aufgefallen, dass die Magdalena gute Fortschritte mit ihrem Deutsch gemacht hat. Gesagt hat er natürlich nichts. Aber die Magdalena hat sein Schweigen einfach als Geständnis genommen, dass er nicht recht weitergekommen ist.

Und das ist immer wahnsinnig gefährlich, wenn du nicht viel redest, dass die Leute glauben, sie müssen dir auf die Sprünge helfen. Du redest nichts, weil du deine Ruhe haben willst, aber du erreichst das Gegenteil, weil sie umso mehr gackern, je mehr Platz du ihnen lässt. Das ist ein brutaler Revierkampf, da könnte man viel von den Tieren lernen, und wenn du dein Revier nicht verteidigst, indem du dauernd redest, hast du sofort wen im Genick sitzen, der dir die Ohren voll singt. Fürchterlich!

Normalerweise hat der Brenner das gut beherrscht, so wenig wie möglich reden, aber gerade genug, dass keiner auf die Idee kommt, ihm die Ohren voll zu singen. Aber heute leider zu wenig geredet, sprich gar nichts, und jetzt die Magdalena: «Ich glaub ja, du hast überhaupt noch nichts herausgefunden.»

Dem Brenner war das egal, soll sie denken, was sie will. Gestört hat ihn schon eher, dass der Schmalzl gestern Abend das Gleiche zu ihm gesagt hat, natürlich chefmäßiger formuliert, und ich möchte Resultate sehen. Und wie der Brenner ein bisschen herumgedruckst hat, quasi Ausreden, ist dem Schmalzl etwas Gutes eingefallen: «Brenner, du musst dich entscheiden. Bist du Teil der Lösung oder Teil des Problems!»

So ein Trottl, hat der Brenner sich gedacht und ist schlafen gegangen.

Und jetzt mit Schädelweh am Frühstückstisch ist ihm wieder einmal diese Unart aufgefallen, dass die Magdalena beim Sprechen immer mit dem Fingernägel-Lackieren aufgehört hat. Und beim Lackieren hat sie mit dem Sprechen aufgehört. Da ist das Magdalena-Gehirn immer entweder für die Sprech- oder für die Lackiertätigkeit voll zur Verfügung gestanden. Er hätte sich gewünscht, dass sie wenigstens das stinkende Fläschchen zuschraubt, während sie nicht lackiert oder entfernt, also spricht. Aber nein, sie hat alles offen gelassen, weil sie ja das Pinselchen zum Gestikulieren gebraucht hat.

«Ich glaube nicht, dass du bei die Mütter viel findest. Schade um Zeit.»

Und noch was hat den Brenner jeden Morgen mehr gestört. Dass sie immer bei einem Nagel den Lack entfernt und ihn dann sofort frisch lackiert. Statt dass sie zuerst einmal überall entfernt und dann überall lackiert. Ich persönlich glaube, sie hat es einfach nicht ausgehalten, dass mehr als ein Nagel unlackiert war. Aber natürlich hat er sich nicht eingemischt, soll sie es machen, wie sie glaubt.

«Warum rufst du nicht endlich Kollege an?»

Was für ein Kollege, hat der Brenner überlegt, aber nichts gesagt.

«Diese Detektiv, der Frau Hartwig damals überprüft hat. Wie hat geheißen?»

Kleiner Berti, ist es dem Brenner durch den Kopf gegangen. Weil das war sein Spitzname. In Wirklichkeit natürlich Schattauer Berti. Gesagt hat er aber nichts.

Die Magdalena hat den linken Daumennagel komplett von dem blauen Lack befreit, den sie gestern hinaufgeschmiert hat, dann hat sie erst weitergeredet: «Scha», hat sie überlegt, weil irgendwann muss der Brenner es ihr gegenüber erwähnt haben, aber es ist ihr nicht eingefallen. Dann wieder ein bisschen lackiert, und dann: «Schattauer, oder?» Dann wieder ein bisschen lackiert, und dann: «Schattauer Berti. Wo hast du kennen gelernt?»

Bei der Rettung, hat der Brenner gedacht. Weil da hat er einmal kurz bei der Rettung gearbeitet, und der Berti damals sogar der Einzige, den er ausgehalten hat bei dieser Partie. Aber trotzdem. Alte Bekanntschaften auffrischen, das war etwas, was dem Brenner überhaupt nicht zugesagt hat.

«Warum rufst du den nicht endlich an?»

Der Brenner hat böse auf den Lackpinsel in ihrer Hand geschaut, quasi, schraub doch wenigstens das stinkende Fläschchen zu, wenn du schon quatschst und quatschst statt lackierst. Aber nein, das Lackfläschchen muss offen sein, das Entfernerfläschchen muss offen sein, und der Mund muss offen sein.

«Der hat vielleicht Tipp für dich.»

Ganz Unrecht hat die Magdalena damit natürlich nicht gehabt. Wenn der damals die Hartwig überwacht hat, ob sie seriös genug ist für das Erbe, dann könnte er wirklich das eine oder andere wissen, das nützlich für den Brenner ist. Aber ich glaub ja, der Brenner hat ihn gerade deshalb nicht angerufen.

Du musst wissen, der Berti hat ihn damals bei der Rettung recht bewundert, und er hat ihn immer damit genervt, dass er gern ein Detektivbüro mit ihm aufmachen würde. Und jetzt natürlich gemischte Gefühle, dass der kleine Berti wirklich Ernst gemacht hat und Detektiv geworden ist. Sogar ein eigenes Büro, quasi Firma. Mit Schild womöglich. Das hat den alten Brenner ein bisschen gekränkt. Oder vielleicht nicht direkt gekränkt. Aber so einen früheren Bewunderer fragt man nicht gern um Rat, das ist auch nur menschlich, wenn du mich fragst.

«Ich werde dir einmal was sagen», hat die Magdalena gesagt.

Und jetzt hat sie das Nagellackfläschchen zugeschraubt. Und dann auch das Entfernerfläschchen. Obwohl sie noch nicht fertig war, weder mit dem Entfernen noch mit dem Lackieren. Und noch etwas war auffällig. Zuerst hat sie die ganze Zeit geredet, und jetzt, wo sie gerade angekündigt hat, dass sie was sagen wird, sagt sie nichts.

Weil sie hat unter einem Wäscheberg das Telefonbuch herausgefischt. Und bevor der Brenner noch gefragt hat, was sie da sucht, hat sie die Nummer schon gewählt.

«Guten Morgen, kann ich Herr Chefdetektiv sprechen, bitte?», hat die Magdalena geflötet wie die reinste Profitelefonistin.

Die Hand, in der das Handy gelegen ist, hat zwei frisch lackierte Fingernägel gehabt, einen frisch entfernten und zwei von gestern. Und der Brenner hat beim Vergleichen zugeben müssen, dass es doch einen leichten Unterschied macht, ob von heute oder von gestern. Er selber hat immer noch seine beiden Ellbogen zum Abstützen gebraucht, sonst hätte er ihr bestimmt das Handy weggerissen. Aber egal, der Herr Chefdetektiv Berti war sowieso nicht da.

«Ach so, nicht mehr», hat die Magdalena geflötet. «Ach so, nicht.»

Dem Brenner ist vorgekommen, sie telefoniert eine halbe Stunde. Aber er hat zu diesen Männern gehört, denen schnell vorkommt, dass jemand eine halbe Stunde telefoniert, wenn er nur drei Sätze sagt.

Er hat sich über die Magdalena geärgert, dass sie einfach den Berti anruft, und er hat sich über sich selber geärgert, dass er den Berti nicht schon längst selber angerufen hat. Jetzt warum hat er trotzdem lachen müssen, wie die Magdalena endlich aufgelegt hat? Und du darfst eines nicht vergessen. Den Brenner am Frühstückstisch zum Lachen bringen, das ist eine Leistung.

Sagen wir einmal so. Die Magdalena hat herausgefunden, dass der Berti nicht mehr Detektiv war. Seine Freundin war am Apparat, und die hat ihr das erzählt. Die Hundezüchterin Hartwig war damals sein einziger Fall weit und breit. Da hat der Brenner noch nicht gelacht, quasi Schadenfreude. Sicher, vielleicht eine gewisse innere Genugtuung, aber nicht gelacht. Erst wie die Magdalena weitererzählt hat. Weil der Berti immer optimistisch, der war jetzt schon unterwegs zu seinem nächsten Traumberuf. Darum hat sie ihn nicht erreicht, weil gerade im Einsatz.

«Seine Freundin war aber sehr lieb.»

Lieb, hat der Brenner gedacht. Hat er jetzt eine Freundin auch schon? Aber da hat er auch noch nicht gelacht.

«Er ist im Einsatz, leider», hat die Magdalena gesagt und das Entfernerfläschchen wieder aufgeschraubt.

«Was für ein Einsatz?»

Jetzt hat der Brenner doch angefangen, sich an der Unterhaltung zu beteiligen, und da hat er einmal gesehen, wie das ist, wenn man keine Antwort kriegt. Weil die Magdalena hat zuerst einmal den Zeigefinger blau lackieren müssen. Das hat sie aber gleich gehabt, und dann hat sie das Lackieren unterbrochen und hat es gesagt.

Ob du es glaubst oder nicht: Hubschrauberpilot.

Da hat der Brenner direkt ein bisschen lachen müssen, aber nicht lange, nur so ein kurzer Rucker. Weil dieses Lachen hat nur so lang gedauert, wie er gebraucht hat, um seinen rechten Arm von der Tischkante zu lösen. Dann war er schon mit der Hand bei der Kaffeetasse, die ihm die Magdalena vor einer halben Stunde eingeschenkt hat, und er hat sich den kalten Kaffee in einem Zug hinuntergeschüttet. Und dann ist er hinausgerannt und hat einen halben Tag lang das Wohnhaus der Conny observiert. Panikreaktion Hilfsausdruck.

fünfzehn

Das Beobachten ist eine Wissenschaft. Aber eine unbekannte Wissenschaft, weil man das Beobachten im Grunde nicht erforschen kann. Das ist wie mit dem Einschlafen, man schläft nicht ein, wenn man ans Einschlafen denkt, und man kann sich beim Beobachten nicht beobachten. Und genau darum ist es ja so schwierig, dass du das Detektivsein lernst. Weil es im Grunde unerforscht ist, wie man richtig beobachtet. Detektiv bist du entweder oder bist du nicht. Da lasse ich mir nichts erzählen von den gescheiten Herren, die behaupten, Detektiv kann man lernen. Du hast die gewisse dings, oder du hast sie nicht. Das lässt sich nicht erklären.

Weil du darfst eines nicht vergessen. Das Beobachten ist dem Menschen nicht gegeben. Er starrt eine Weile hin, und dann wird ihm langweilig und er schaut woanders hin. Die meisten schauen von vornherein zu verkrampft, und deshalb haben wir heute viele Brillenträger, das kommt vom Starren, sprich Verkrampfung. Ist nicht nur hässlich, so eine Brille, sondern auch ein Ausweis, dass man kein Talent zum Detektiv hat, weil man schon für drei Leben im Voraus gestarrt hat.

Gut im Beobachten sind die Tiere, da gibt es die gewissen Chamäleons, die sitzen stundenlang unsichtbar da, und wenn die Fliege auftaucht, so schnell schaut sie gar nicht, pickt sie schon auf der Zunge. Das nenne ich Beobachten, und der

Mensch bestenfalls ein bisschen Umschauen, das ist gar nichts im Vergleich.

Und da nehme ich mich gar nicht aus. Sicherlich habe ich schon manche interessante Beobachtung gemacht, aber ich würde mich nie mit einem Chamäleon oder mit einem Brenner vergleichen. Weil eines muss man schon auch einmal sagen dürfen. Der Brenner hat bei vielen Sachen im Leben vollkommen ausgelassen, da kenne ich Frauen, die könnten tausend Dinge aufzählen, fürchterlich. Aber wenn mich heute ein junger, ehrgeiziger Detektiv fragen würde, wie er das Beobachten am besten lernt, das richtige Observieren, ob er machen soll Spezialschule in Amerika, quasi FBI, oder asiatische dings, sprich Mönche, würde ich ihm sagen: Spar dir das Geld, asiatische oder gar FBI, wo die polizeilichen Kindsköpfe aus der ganzen Welt ihre Pfadfinderkurse machen, alles schön und gut, lernen wirst du nichts dabei, höchstens ein paar Brocken Englisch. Weil man kann im Leben alles lernen, da gibt es Seminare für Sprachen, für das Finanzielle, für das Seelische, für die große Liebe, das kann man alles in zwei, drei Wochen lernen, da ist überhaupt kein Geheimnis dahinter, aber das Observieren kann man leider nicht lernen.

Jetzt hat einmal ein gescheiter Mann gesagt, wenn du den Beobachter beobachtest, dann veränderst du allein dadurch sein Verhalten, und dadurch weißt du erst recht wieder nicht, wie er es ohne dich gemacht hätte. Das stimmt natürlich, aber ich sage, so viel wird es schon nicht ausmachen, schauen wir dem Brenner einfach ein bisschen über die Schulter. Er wird deshalb schon nicht gleich einen Blödsinn machen.

Dass die Conny daheim war, hat er schon am Hinweg festgestellt, weil alter Trick, anrufen und Entschuldigung, falsch verbunden. Stimme-Verstellen war er zwar nicht so gut wie

Beobachten, aber er hat sich im Lauf der Jahre so ein, zwei Stimmen zugelegt, die für ein kurzes «'tschuldigung» gereicht haben. Oft hat er noch zusätzlich ein bisschen den jugoslawischen Akzent verwendet, «'tschuldige, nix richtige Nummer», dann natürlich perfekte Tarnung.

Telefonzelle hat er keine gebraucht, die Magdalena hat ihm ja ihr Handy geschenkt. Weil die Magdalena jeden Morgen frische Fingernägel, jede Woche ein neues Handy, jetzt hat sie dem Brenner, bevor er aus dem Haus gerannt ist, ihr altes zugesteckt, ausgerechnet das mit dem Tigermuster.

Ich kann es ja verstehen, dass ihm das Tigermuster peinlich war, aber jetzt eben doch sehr praktisch für den Anruf. Und interessant, dass einen so eine technische Neuerung oft auf ganz neue Ideen bringt, und der Brenner sogar einen neuen Trick beim Stimme-Verstellen.

Er hat es ja so gut im Ohr gehabt, wie die Magdalena redet, jetzt Idee: Probiere ich es einmal polnisch statt mit Jugo-Akzent. Aber im Ohr haben ist was anderes als selber können, deshalb ist es mehr so eine Mischung geworden, halb jugoslawisch, halb polnisch. Macht nichts, es war sowieso eine fürchterliche Verbindung. Aber das Wichtigste hat er doch mitgekriegt: Die Conny ist daheim.

Die Conny hat direkt am Donaukanal gewohnt, sehr schöner Blick, aber leider war die dreispurige Lände zwischen dem Haus und dem Donaukanal. Für den Brenner war es praktisch, da hat er sich zum Beobachten schön am Donaukanalufer auf eine Bank setzen können, und doch war er durch den vorbeiziehenden Autoverkehr gut geschützt.

Obwohl ich ganz ehrlich sagen muss. Er hätte den Autoverkehr als Schutzwall nicht gebraucht. Wie er da auf seiner Bank in der Sonne gesessen ist und den Hauseingang nicht aus den

Augen gelassen hat, da hätte ihn auch so niemand gesehen. Er ist regelrecht von der Bildfläche verschwunden.

Und genau darum geht es eben beim Beobachten. Das macht es ja so schwierig. Alles sehen schon schwierig genug, aber dann noch: Selber nicht gesehen werden. Stundenlang direkt dem Hauseingang gegenüber sitzen und von keinem Passanten gesehen werden. Das ist es, wo du den Detektiv vom Möchtegern auseinander kennst.

Und sagen wir einmal so. Beim Observieren unsichtbar werden, das macht dem Brenner nicht so schnell einer nach. Du wirst sagen, so wie der Brenner da auf fünfzig Meter Entfernung mit der Haustür von der Conny verschmolzen ist, das kann im Grunde auch nicht gesund sein. Das stimmt schon, gesund ist das nicht, da könntest du schon einmal auf das Schnaufen vergessen, weil du dir sagst: Als Haustür hab ich Tag und Nacht genug Verantwortung, da sehe ich nicht ein, dass ich auch noch schnaufen soll. Aber andererseits: Gesund in dem Sinn ist Detektiv sowieso nicht. Da gibt es oft die Gewaltsachen, Messer, Schere, Gabel, Kugel, dann das schnelle Autofahren, den Alkohol und und und. Das ist oft noch viel gefährlicher, und da sagt keiner was, jetzt wehre ich mich dagegen, dass man ausgerechnet beim Observieren sagt, gesund ist es nicht.

Mich würde eher interessieren, wie ein Mensch zu so einem Observieren überhaupt fähig ist. Wie hält es einer stundenlang durch, dass er gelassen wie eine Holztür in die Welt hinausschaut.

Sagen wir einmal so. Ganz hundertprozentig hat der Brenner es eh nicht geschafft. Er ist sogar ein bisschen ins Träumen geraten, und siehst du, das ist natürlich hoch gefährlich. Weil ins Träumen darfst du nie geraten beim Beobachten, das ist ja die Kunst! Die innere Ruhe ja, die Gelassenheit ja, aber Einschlafen, nein. Mit jedem Atemzug ruhiger atmen ja, aber nicht wegschlafen. Unauffällig aus den Augenwinkeln heraus beobachten ja, aber nicht den Kopf auf die Brust sinken lassen.

Und schon gar nicht die Pubertätsgedanken aufkommen lassen, quasi unsichtbar werden. Das ist wahnsinnig verführerisch und wahnsinnig schädlich, und bei einem Frühpensionisten sogar wahnsinnig lächerlich. Wo man sich rein gedanklich vielleicht ein bisschen größer macht, als man ist. Oder in dem Fall eigentlich kleiner, da müsste man sogar von Kleinheitswahnsinn sprechen. Weil eines muss man schon ganz ehrlich sagen. Der Brenner war ein guter Beobachter, gar keine Diskussion. Aber weil ihm die Conny nicht schlecht gefallen hat, ist es ihm vielleicht passiert, dass er sich vor ihrer Haustür ein bisschen weggeträumt hat. Ich muss zugeben, dass ich es ganz kurz selber geglaubt habe, fürchterlich.

Aber eines muss ich dem Brenner lassen. So schön geträumt wie auf seiner Beobachtungsbank am Donaukanal hat er schon lange nicht mehr. Weil Schlaf in der frischen Luft zählt ja dreifach, das musst du dir vorstellen wie den Vormitternachtschlaf, der doppelt zählt, nur eben dreifach.

Aber dass es so was gibt! Drei Stunden lang ist der Verkehr an ihm vorbeigedonnert, und jetzt wacht er auf, weil auf der anderen Straßenseite jemand die Haustür aufmacht.

Die Conny hat wieder ihr selbst genähtes oranges Zelt angehabt, als hätte sie sich beim Entwerfen gedacht, falls mich einmal ein Detektiv verfolgt, soll er es nicht so schwer haben. Und dazu noch eine orange Baseballkappe, da weiß ich jetzt gar nicht, ob sie die auch selber gemacht hat.

Du wirst sagen, war die orange Kappe nicht eine Spur zu jugendlich für sie? Absoluter Blödsinn, die Kappe hat ihr wunderbar gepasst, hinten ist der Rossschwanz herausgestanden, und bewegt hat sie sich auch so flott, da hat der Brenner schauen müssen, dass er rechtzeitig von seiner Bank aufkommt. Gefühlt hat er sich nicht, als hätte er dreifach drei Stunden geschlafen, sondern als wäre ihm eine Straßenwalze drübergefahren. Er hat aufpassen müssen, dass ihn die Conny nicht schon auf dem Weg zum Augarten-Haupteingang hinunter abhängt. Ich muss ehrlich sagen, bei aller Sympathie mit dem Brenner, aber einen Frühpensionisten als Mann hätte man der nicht an den Hals gewünscht.

Ohne die orange Kappe hätte er sie vielleicht aus den Augen verloren, aber so gar kein Problem. Weil der Beobachter soll verschmelzen mit dem Hintergrund, aber der Beobachtete natürlich soll wieder nicht verschmelzen, sonst hört sich der Spaß auf, und da orange Kappe natürlich ideal.

Drinnen im Augarten ist sie zuerst ein bisschen auffällig zickzack gegangen, einmal um den Geschützturm herum, aber dann gleich oben beim Gaußplatz-Eingang wieder hinaus. Jetzt Erleichterung beim Brenner, weil alle Hundekekse sind bisher im Augarten gestreut worden, und wenn sie den Augarten verlässt, sofort wieder Hoffnung: Vielleicht ist sie doch nicht die Keksstreuerin. Gefühlswelt vom Brenner natürlich wahnsinnig anstrengend, weil andererseits ist er ihr ja gefolgt, damit er sie erwischt, rein dienstlich betrachtet. Und es gibt auf der Welt nichts Anstrengenderes als etwas suchen, von dem du hoffst, dass du es nicht findest.

Diese umgekehrten Situationen sind im Leben überhaupt immer die anstrengendsten. Vor allem bei den Ängsten. Natürlich ist auch die Angst vor einer realen Gefahr nicht angenehm, und wenn dich ein Bodybuilder oder sonst ein bis zu den Zähnen bewaffneter Faschingsprinz bedroht, ist es schlimm genug. Aber die Angst, die eine Abwesende auslösen kann, ist noch einmal ganz was anderes.

Jetzt hat der Brenner beim Gedanken an die verschwundene Hartwig auf einmal so ein ungutes Gefühl gekriegt, dass er froh war, wie er diese vertraute Stimme gehört hat: «Geh heim, es hat keinen Sinn», hat der Antidetektiv geflüstert. Und der Antidetektiv immer die besten Argumente: Sogar wenn sie die Keksstreuerin ist, wird sie wahrscheinlich jetzt keine Kekse mehr streuen, wo sie mit der Verfolgung rechnen muss, also geh heim. Siehst du, das hat was für sich. Darum regiert ja heute längst der Antidetektiv die Welt, egal wo du hinschaust, und die richtige Observation als Kunst praktisch ausgestorben.

Ich muss ganz ehrlich zugeben, wahrscheinlich wäre der Brenner auch heimgegangen, wenn er nicht befürchtet hätte, dass ihn daheim die Magdalena wieder schwach anredet, und: Du hast ja noch gar nichts herausgefunden. Da ist er ein bisschen zwischen zwei Frauen gestanden.

In der Wasnergasse ist die Conny an der Außenseite der Augartenmauer entlanggegangen, und beim nächsten Eingang ist sie wieder hineingeschlüpft, da hätte sie eigentlich gleich drinnen bleiben können. Dann im Park weiter die Mauer entlang, sehr elegante Bewegungen, bitte sag das nicht weiter, aber da hat der Brenner schon ein bisschen den Eindruck gehabt, die Alleebäume verneigen sich vor der Conny, so ein anmutiges Spazierengehen ist das gewesen.

Du wirst sagen, was ist mit dem Brenner los, ist der vor lauter Mütterkontakt schon zum Naturspinner geworden. An und für sich nicht, aber das hört man ja immer wieder von Menschen, die ein schweres Unglück überlebt haben. Dass ihnen kurz vor dem Unglück die Natur erschienen ist, quasi

Vorgefühl. Das Lawinenopfer erzählt, dass eine Sekunde vor dem Unglück der Schnee so überirdisch schön in der Sonne geglitzert hat, der Küstenautofahrer hat noch ein perfektes Meer-Foto gemacht, kurz bevor er über die Klippe gefahren ist, und der Spontanmörder erzählt dem Richter: Die Muttertagsblume hat mir zugeflüstert, tu es.

Und da hat eben der Augarten mit dem Brenner auch ein bisschen gespielt, der hat noch einmal alle Register gezogen, Bäume, Krähen, Wassersprinkler und und und.

Am Brenner hätte sich die Natur aber fast die Zähne ausgebissen, und ich glaube, wenn es nicht der Augarten gewesen wäre, also eine Dosis, die für einen anderen schon gefährlich ist, hätte der Brenner wahrscheinlich überhaupt nichts gespürt. Weil der hat sich immer noch über ganz andere Sachen Sorgen gemacht.

Warum rennt die dauernd raus und rein, wenn sie doch immer nur die Augartenmauer entlang in eine Richtung geht. Einmal innen, einmal außen, das war der reinste Slalomlauf. Dass sie ihn bemerkt haben könnte, hat er auch nicht recht glauben wollen. Da hat er schon selber gewusst, dass er das Verfolgen gut kann. Die Conny ist ihren Weg gegangen, als hätte sie keine Wahl, so wie der Lachs es sich nicht aussuchen kann und seine Eier den Fluss hinaufbringen muss, obwohl er ganz genau weiß, dass ihn das Süßwasser umbringt. Und die Conny jetzt auch wie programmiert, beim einen Eingang hinein, beim anderen hinaus, da hätte ein hoch fliegender Vogel herunterschauen können, und dem wäre vorgekommen, die Conny ist eine Nähnadel, und die Augartenmauer ist eine Naht, und der Augarten ist eine grüne Jacke, und die Welt ist eine Nähmaschine.

Nur was der über den Brenner gedacht hätte, das weiß ich

jetzt nicht genau. Ob der aus so einer großen Distanz auch kaum zu sehen gewesen wäre, oder ob sich da die Vorteile durch die Observierungsmeisterleistung schon wieder neutralisiert hätten, so wie man vielleicht aus sehr großer zeitlicher Distanz einen Serienmörder, der seine Kühltruhe zu einem Kinderheim umgebaut hat, auch nicht mehr richtig unterscheiden kann von einem Wohltäter, der schon nach dem ersten Mord gesagt hat, aus, das mache ich nicht mehr, das entscheide ich jetzt einfach so aus dem Bauch heraus, dass das nicht in Ordnung ist, wenn man einem Tankwart für 720 Schilling die Gurgel durchschneidet, und womöglich hat das Messer allein schon mehr gekostet.

Mit weniger Distanz betrachtet, sind es natürlich gerade die Kleinigkeiten, die zählen. Da kann sich eine Kleinigkeit zu einem furchtbaren Fehler auswachsen. Weil der Brenner hat jetzt übersehen, dass ihm der eckige Flakturm, der da ziemlich versteckt im hintersten Augartenwinkel steht, kurz die Sicht auf die Conny abschneidet.

Und unmittelbar hinter dem Messturm sitzt die Frau mit der Baseballkappe auf einer Bank, und der Brenner tappt voll hinein und spaziert in nur fünf Metern Entfernung an ihr vorbei. Natürlich hat er sofort weggeschaut, aber er war nicht sicher, ob sie ihn nicht doch erkannt hat. Er hat sich dann in einem gewissen Respektsabstand auf eine Bank gesetzt, wo er sie gut im Blick gehabt hat. Aber nicht dass du glaubst, jetzt geht sie an ihm vorbei, so wie oft im Leben der eine am anderen vorbeispaziert, und kurz darauf ist es wieder umgekehrt.

Gar nicht. Sie ist jetzt von ihrer Bank aufgestanden und hat den Messturm betrachtet, als wäre das weiß Gott was für eine Kathedrale. Also Messturm klingt jetzt vielleicht freundlicher als Geschützturm, aber gar zu lieblich darfst du dir den auch nicht vorstellen, das war genauso ein riesiger grauer Betonbunker wie der Geschützturm, nur eben eckig statt rund.

Und ich glaube fast, die Conny mit ihrer orangen Baseballkappe muss da auch so ein unpassendes Bauwerk in ihrer Seele gehabt haben. Sie hat jetzt einen Papiersack herausgezogen und Brotstücke in die Luft geworfen. Das musst du dir vorstellen wie im reinsten Venedig: die schöne Frau vor dem Flakturm, umkreist von Hunderten Tauben.

Und ob du es glaubst oder nicht, der Brenner auf einmal neidig auf die Brotstücke. Er hat ja den ganzen Tag noch nichts im Magen gehabt bis auf den Schluck Magdalena-Kaffee. Ich hab dir doch gesagt, direkt vom Frühstück zum Observieren, da trägt dir ja als Detektiv niemand das Essen hinterher. Jetzt hätte er gern ein bisschen von dem trockenen Brot gehabt, das die Conny ausgestreut hat.

Aber die war schon wieder unterwegs. Weiter in den Park hinein, zuerst am Kinderfreibad vorbei, da hat sie die Transparente studiert, die gefordert haben, dass man wegen der Hitze schon im Mai aufsperrt. Die Conny hat immer wieder in die Tasche gegriffen und etwas herausgeholt, aber nicht dass du glaubst, Hundekekse, sondern nur Labello, weil natürlich, wenn es im Frühling recht föhnig ist, trocknen nicht nur die Blätter aus, sondern da fangen ohne das Labellofett auch die Lippen zu rascheln an, dass man sein eigenes Wort nicht mehr versteht.

Labello macht einen Mann grundsätzlich nervös. Furchtbare Gewohnheit, dass sich ausgerechnet die schönsten Frauen ihre prächtigen Lippen dauernd mit diesem abstoßenden Zeug einfetten. Aber den Brenner hat es jetzt noch einmal aus einem ganz anderen Grund nervös gemacht. Weil in dem Hundekeks, das ihm der Augarten-Pensionist mit dem Feuermal gezeigt hat, sind die Stecknadeln in so einer weißen Kappe gesteckt, und jetzt hat er begriffen: Labelloverschluss.

Der Brenner hat ihr ganz genau auf die Finger geschaut, und gleichzeitig war er froh, wie sie weiter Richtung Geschützturm gegangen ist. Weil er hat gehofft, dass sie die Richtung beibehält, und dann könnte er sich vielleicht schnell im Vorbeigehen eine Wurstsemmel aus dem Awawa-Buffet holen. Er hat jetzt so einen Hunger gehabt, dass er zu zittern angefangen hat. Vom stundenlangen Observieren und Schlafen und Verfolgen natürlich auch fertig, jetzt hat ihm der Antidetektiv zugeflüstert, mach es dir bequem, es ist sinnlos, dass du ihr noch eine Stunde hinterherläufst.

Und da siehst du wieder einmal, was herauskommt, wenn man auf den Antidetektiv hört. Weil das war ein kurzer unkonzentrierter Moment vom Brenner. Und auf einmal sieht er, wie sich direkt vor dem Kinderschwimmbad, also keine zwanzig Meter entfernt, ein Pudel vor Schmerzen wälzt. Du wirst sagen, der Brenner hätte dem Pudel helfen sollen, aber da verlangst du einfach zu viel von einem Detektiv, da ist nach stundenlangem Observieren auch ein gewisser Jagdinstinkt im Spiel. Jetzt natürlich nichts wie hinter der Conny her, die schon fast beim Geschützturm drüben ist.

Und weil sie immer schneller geworden ist, der Brenner auch immer schneller, und am Schluss hat er dann einen richtigen Sprung gemacht, damit er sie endlich erwischt. Also wenn diesen Sprung die Amtsärztin gesehen hätte, wäre es vorbei gewesen mit dem Pensionsansuchen, so ein jugendlicher Sprung war das. Er hat die orange Baseballkappe noch im Landen mit der Hand erwischt und sie der Keksstreuerin vom Kopf gerissen. Aber nicht dass du glaubst, der Brenner hat ihr beim

Kappe-Herunterreißen das Gesicht zerkratzt. Ganz im Gegenteil, die hat die Narbe schon die ganze Zeit gehabt.

Und da haben die Mädchen in diesem Alter immer die Gewohnheit, den Kleiderschrank ihrer Mütter zu plündern, das ist etwas, was du als Detektiv an und für sich wissen müsstest. Da wäre es detektivisch schon ein riesiger Vorteil, wenn du die allgemeine Einfühlung hättest. Natürlich, hübsches Mädchen, weniger hübsches Mädchen, das ist die Hauptunterscheidung, da gibt es gar nichts, aber Seele und Wesen nicht vergessen. Obwohl ich andererseits auch wieder sagen muss, der Brenner hat die Keksstreuerin immerhin erwischt, da dürfen wir nicht gleich wieder zu kritisch sein und verlangen, er hätte sich früher und besser einfühlen müssen. Immerhin erwischt, sage ich.

So kritisch bin ich natürlich nur, weil ich schon weiß, wie es dann in den nächsten Sekunden weitergegangen ist.

Pass auf. Während der Brenner sich noch wundert, dass er die ganze Zeit hinter der Mali her war statt hinter der Conny, kommen überall aus den Alleewänden die Pensionisten mit ihren Kampfhunden, paramilitärische Schutztruppe nichts dagegen. Weil da hat man so lange gepredigt, der ältere Mensch soll aktiv bleiben, aber man hat nicht damit gerechnet, dass der Rentner dann mit seinen letzten Zuckungen noch Elitesoldat spielt.

«Hau ab!», hat der Brenner die Mali angeschrien. «Lauf! Die bringen dich um.»

Du darfst eines nicht vergessen. Du fühlst dich als Detektiv von vornherein nicht besonders gut, wenn du auf ein Kind losgehst. Aber so richtig schlecht ist es ihm erst gegangen, wie die Rentner mit ihrer Büffelherde dahergetrampelt sind. Sprich Sorgen um das Leben von der Mali.

«Renn weg!», hat der Brenner gebrüllt.

Aber das Mädchen ist seelenruhig stehen geblieben und hat gelächelt, während die Pensionisten mit ihren kläffenden Kälbern dahergestürmt sind.

«Hau ab!» Der Brenner hat die Mali regelrecht weggestoßen. Aber sie hat ihn so herablassend angeschaut, als hätte er nur etwas in der Art gesagt wie der Pudel, der hinten beim Kinderschwimmbad immer noch gequietscht hat.

Gute Nachricht, der Pudel war der erste Hund, der davongekommen ist. Schon interessant, ein Schäfer, ein Boxer haben es nicht überlebt, und ein Pudel überlebt es wieder, der hat das Hundekeks ausgespuckt wie einen lästigen Kern und ist am nächsten Tag in der *Kronenzeitung* gefeiert worden, frage nicht.

Schlechte Nachricht. Noch viel größer als das Foto vom Pudel war das Foto vom Brenner in der Zeitung. Und darüber die mannshohe Schlagzeile: «Irrer Hundekeksstreuer endlich gefasst.»

Jetzt weiß ich nicht recht, ob ich ein schlechtes Gewissen haben muss. Dass der Eins-a-Beobachter vielleicht doch nicht ganz so gut wie sonst war, weil wir ihn dabei zu viel beobachtet haben.

sechzehn

Dass dem Brenner im Gefängnis die halbe Wade gefehlt hat, war aber seine eigene Schuld. Da muss ich dem Hundeschutztrupp ein hervorragendes Zeugnis ausstellen, kein Gewaltexzess. Weil da gibt es ja immer die besorgten Stimmen, quasi Demokratie, und es soll nicht jeder Kaffeeröster und jeder Taxiunternehmer gleich seine eigene Privatarmee haben. Ich sage, das ist ein richtiger Gedanke. Aber auch für einen richtigen Gedanken kann es einmal ein Gegenbeispiel geben, und die Hundeschützer vorbildlich.

Da ist so mancher Staatliche nicht so diszipliniert. Hört man ja immer wieder, dass einem Staatlichen im Dienst die Faustfeuerwaffe auskommt, Jahre und Jahrzehnte baumelt dir das Ding von der Hüfte, dann kann es dich schon einmal jucken, wenn dir, sagen wir, ein Schüler mit einer Haschischzigarette über den Weg läuft. Wegen der Presse ist es an und für sich unerwünscht, da sagt sogar der Polizeiminister persönlich, Burschen, nicht gleich jeden Haschisch-Maturanten mit der Faustfeuerwaffe.

Aber die Hunde-Pensionisten haben keine Ermahnung gebraucht. Die haben das vorbildlich gemacht, wie sie den Brenner der Polizei übergeben haben. Da hat kein Hund auch nur hinzwicken dürfen auf den am Boden liegenden Brenner, wie es vielleicht der Staatliche macht, der eventuell sagt, soll mein Hund ihn ein bisschen zwicken, dann merkt er es sich länger, und mit fünf, sechs Stichen ist das auch wieder genäht.

Jetzt sagst du natürlich mit vollem Recht, wenn die sich so vorbildlich verhalten haben, warum hängt dann dem Brenner im Gefängnis die Wade bis auf den Boden hinunter. Da hat ja der Polizeiarzt drei Stunden genäht und war immer noch nicht fertig. Aber das war etwas anderes. An der Bisswunde war der Brenner selber schuld. Wie der Polizeiwagen gekommen ist, war die linke Wade vom Brenner noch vollkommen unversehrt. Aber dann ist er zu schnell aufgestanden, und dann natürlich. So etwas lässt sich ein Pitbull nicht gefallen. Im Grunde genommen friedlich, du kannst mit so einem Pitbull alles machen, auf dem können Kinder reiten, alles! Aber bei einer Sache versteht er keinen Spaß, du darfst nicht zu schnell aufstehen. Und da hat er den Brenner eben in die linke Wade gezwickt.

Nicht so schlimm, ein bisschen mehr als drei Stunden, dann hat der Gefängnisarzt die Wade schon wieder notdürftig angeflickt gehabt. Und bei jedem einzelnen Stich hat er gemurmelt: «Da sind Sie ja noch einmal mit dem Schreck davongekommen.»

Aber ein bisschen mehr als Schreck muss es schon gewesen sein. Weil anders kann ich es mir nicht erklären, dass der Brenner so durcheinander war. Pass auf, obwohl der Polizeiarzt ein fetter Mann war, dem beim Nähen der Schweiß in Bächen auf die Wunde hinuntergetropft ist, hat der Brenner sich die ganze Zeit eingebildet, dass es die Amtsärztin ist, die ihn zusammenflickt.

Dass er gerade in der Polizeiwachstube in der Leopoldstraße genäht wird, hat er zwar schon begriffen, aber eigentlich immer nur in dem Augenblick, wo er die Nadel hineingekriegt hat, quasi Stich. Und zwischendurch, während der Faden durchgezogen worden ist, hat er sich wieder schön in den

Augarten verabschiedet. Er steht noch völlig gesund im Augarten und brüllt die Mali an: «Hau ab! Die bringen dich um.»

Das Mädchen ist aber seelenruhig stehen geblieben. Und sie hat so blöd gegrinst, wie man überhaupt nur in diesem Alter grinsen kann, später verlernt man das ja wieder, und sie hat sich in aller Ruhe angeschaut, wie die Rentnertruppe mit den Kälbern den Brenner umstellt und die Polizei ruft. Und da darf man den Eliterentnern gar nicht böse sein. Weil natürlich, der Mann, der auf und davon gelaufen ist, in dem Moment, wo vor dem Kinderschwimmbad der Pudel zu röcheln angefangen hat, das ist der Brenner gewesen.

«Nicht bewegen!»

War das jetzt der bierbäuchige Rentner, der versucht hat, sein Kampfkalb zurückzuhalten, oder war es die Amtsärztin, die versucht hat, dem Brenner eine schöne Naht zu machen. Unter uns gesagt, es war natürlich der fette Polizeiarzt. An und für sich war das ein geduldiger Näher, und der hat auch begriffen, dass der Brenner nicht ihn meint, wie der da die ganze Zeit geschrien hat: «Hau ab! Hau ab!» Aber das Gezappel beim Nähen, das hat er einfach nicht vertragen können.

Im Leben gibt es ja zwei Situationen, wo man sich möglichst nicht zu schnell bewegen soll. Wenn man genäht wird, und wenn man einem schlecht gelaunten Pitbull gegenübersteht. Aber so ein Pech musst du einmal haben, dass du in beiden Situationen gleichzeitig bist. Da wäre es natürlich doppelt wichtig, dass du ruhig hältst.

Und der Brenner hat es genau falsch gemacht. Beim Nähen geht es vielleicht noch irgendwie, wenn es ein geschickter Arzt ist. Aber beim Pitbull natürlich. Der hat dann gar keine Wahl, weil die Instinkte. Beim Pitbull ist das eine eiserne Regel: Nie zu schnell bewegen! An und für sich ist das für Wien ein guter

Hund, und es gibt auf der ganzen Welt keine Großstadt mit so wenig Pitbullbissen. Aber der Brenner hat es eben wissen wollen, und der Hund hat es dann eben auch wissen wollen, sprich Wade.

«Nicht bewegen!»

Vielleicht hat er sich da einfach schon zu sehr in Sicherheit gefühlt, weil er das Polizeiauto kommen gesehen hat. Die sind mit Blaulicht in den Augarten gerauscht, da waren monatelang in Fatima die Betten ausgebucht, so viele Augarten-Eltern sind dann hinuntergepilgert aus Dank, dass ihr Kind nicht unter das wild gewordene Polizeiauto gekommen ist.

Und der Brenner hat auch wahnsinnig Glück gehabt, dass seine Wade wenigstens im Prinzip noch dran geblieben ist. Du musst wissen, er hat früher, Jimi-Hendrix-Zeit, immer diese engen Jeans getragen. Das war eben damals so die Mode, manche haben davon Hodenkrebs gekriegt, aber beim Brenner war es jetzt von Vorteil, weil das presst dir im Lauf der Jahre die Wade derart an den Knochen, und wenn dich dann der Pitbull zwickt, hat die Wade höhere Überlebenschancen.

«Nicht bewegen!»

Dann der Brenner natürlich erst recht hektische Bewegungen, wenn du einmal falsch angefangen hast, kommst du da oft gar nicht mehr heraus, da reiht sich ein falscher Schritt an den nächsten. Das ist man ja vom menschlichen Leben her auch ein bisschen gewohnt, da rächt sich ein winziger Fehler auch dein ganzes Leben lang. Und beim Pitbull ist das genauso, statt langsamer bewegst du dich nach dem ersten Biss immer noch schneller. Der Brenner dürfte sich in seinem Leben überhaupt noch nie so schnell bewegt haben. Da hat natürlich auch die Erinnerung an die Manu Prodinger eine gewisse Rolle gespielt, dass er es derart mit der Todesangst zu tun gekriegt hat.

«Nicht bewegen!»

Die Rentner haben geschrien, die Polizisten haben geschrien, sogar die Mali hat jetzt geschrien.

Aber beim Stich hat der Brenner wieder bemerkt, dass es nur die Amtsärztin war, die ihn angeschrien hat, mein lieber Schwan, da ist ihm vielleicht ein Stein vom Herzen gefallen, nur ihren schwitzenden fetten Kopf hat er sich nicht erklären können, wo die doch immer so ein schmales Gesicht wie seine Großmutter gehabt hat.

Du wirst dich fragen, was haben eigentlich die Polizisten gemacht, wie der Hund auf den Brenner losgegangen ist. Da muss ich sagen, vollkommen korrekt. Sicher, am Anfang haben sie vielleicht das Schauspiel ein bisschen genossen, das gebe ich schon zu. Aber dann. Mit einem gezielten Schuss. Der hat den Brenner nicht einmal gestreift, und der Hund hat sich nicht mehr gerührt.

«Das ist nämlich so, dass sich ein Pitbull, der im Kampf erschossen wird, nur umso fester in sein Opfer verbeißt», hat die schnaufende Amtsärztin ihm jetzt erklärt. Das hat der Brenner wieder ganz genau mitgekriegt. Ich liege in der Polizeiwachstube, mein Hundebiss wird genäht, und dazu erhalte ich die Erklärung: «Das hängt mit der Gebissmechanik zusammen. Da lässt sich das Maul vom toten Hund gar nicht mehr öffnen. Und wenn man dann zu lange wartet, kommt noch die Leichenstarre dazu. Dann kriegt man den Hund gar nicht mehr heraus.» Das hat der Brenner Gott sei Dank schon wieder nicht mehr so genau verstanden, weil der Stich schon wieder zu lange her war, und beim Faden-Durchziehen hat er nur noch aus weiter Ferne gehört: «Da sind Sie ja noch einmal mit dem Schreck davongekommen.»

Siehst du, der tote Hund in seiner Wade, das dürfte der

Grund gewesen sein, dass beim Brenner dann kurz der Verstand ein bisschen ausgesetzt hat und er nicht recht gewusst hat, wo er ist, und was er ist, und wer er ist, eben so die Basisdinge, die man normalerweise doch nicht so leicht vergisst. Ich persönlich glaube ja, an die halbe Stunde, wo die beiden Polizisten mit vereinten Kräften gearbeitet haben, um ihm den Hund abzuklemmen, wird er sich überhaupt nie wieder erinnern. Da hat der Mensch doch seine gewissen Schutzmechanismen, und ich sage, ist auch besser so.

Aber interessant ist das schon. Zuerst hat den Brenner immer jeder einzelne Nadelstich in die Realität zurückgeholt. Und jetzt, wo er fertig genäht war und wo er die Möglichkeit gehabt hätte, sich wieder vollständig vom Hier und Jetzt zu verabschieden, ist er langsam zurückgekommen. Er hat ganz genau mitgekriegt, wie sie ihn vom notdürftig improvisierten Behandlungstisch hinuntergehoben und in das Gitterbett geworfen haben.

Du wirst sagen, Gitterbett kann ich mir nicht vorstellen, Rechtsstaat und alles, da hat das Bett in der Wachstube Leopoldstraße vielleicht ein kleines Geländer gehabt, damit der Brenner nicht im Schlaf aus dem Bett fällt, quasi Fürsorge. Weil du drehst dich oft im Schlaf um, ein fremdes Bett ungewohnt, dann fällst du heraus, reißt dir die frisch genähte Wunde wieder auf. Und nachher heißt es dann, Menschenrechte.

Sagen wir einmal so. Das Gitterbett vom Brenner war ja oben auch noch zu, da kann man nicht mehr von Fürsorge im engeren Sinn sprechen. Und dann die Kommentare der Polizisten auch nicht sehr krankenschwesterlich. Wir wissen ja nicht, ob der Köter geimpft war, Brenner, womöglich hast du die Tollwut, dann beißt du uns, da ist Gefahr in Verzug, deshalb schön Gitterbett. Das sind eben so die kleinen Unterhaltungen für einen Staatlichen, dem sonst oft wochenlang in der Wachstube langweilig ist.

Natürlich ist für die humane dings die Optik nicht ideal, wenn du sofort im Gitterbett landest, nur weil du einmal den Rotz zu laut aufgezogen hast. Für ein Fremdenverkehrsland keine gute Werbung. Ich möchte da auch überhaupt nichts beschönigen. Aber eines muss ich einfach zugeben. Der Brenner war ganz verliebt in das Gitterbett im Keller unter dem Leopoldstädter Polizeiposten. Weil du darfst eines nicht vergessen. Nirgendwo bist du so sicher vor den Hunden dieser Welt wie in einem Gitterbett, das auch oben zu ist.

Bei den Früchtchen-Weibern hätte sich der Brenner das nie laut sagen getraut, quasi das Gitterbett loben. Man sagt ja heute, man soll ein Kind nicht zu viel einsperren, unterschreibe ich vollkommen, ein Kind muss die Welt sehen, Autostopp durch Australien, sobald man den Daumen selber halten kann, da entwickelt sich der freie Geist.

Aber der Brenner war ja gar nicht so neugierig auf Geist. Zu viel Geist, und du erinnerst dich womöglich wieder an den toten Hund, den du in der Wade gehabt hast. Nur so lässt sich die Panik erklären, mit der er sich im Gitterbett festgekrallt hat, wie sie ihn am übernächsten Tag wieder frei lassen wollten.

Und vielleicht auch mit dem Feuermal, das der Mann, der ihn herausholen wollte, auf seiner Glatze gehabt hat. Aber der hat sich dann stundenlang durch das geschlossene Gitterbett so nett und geduldig mit dem Brenner unterhalten, und weißt du noch, wie wir als Frühpensionisten immer aneinander vorbeigegangen sind, bis der Brenner doch bereit war, herauszukommen.

Dann sind sie auf einer Pritsche nebeneinander gesessen wie damals im Augarten. Und schon wieder ein gutes Gespräch.

Weil der eine Detektiv, der andere Polizist, da hat es viele gemeinsame Interessensgebiete gegeben. Am Ende hat sich herausgestellt, dass sie beide wissen, wer die Hundekekse gestreut hat, und dass sie beide gern wüssten, wohin die Hartwig verschwunden ist.

Zum Abschied hat der Brenner brav versprochen, er wird ihn auf dem Laufenden halten, falls er etwas Neues erfährt, und dann war er wieder in Freiheit.

Länger als vierundzwanzig Stunden soll man einen Menschen rein vom gesetzlichen dings her nicht in Haft halten, dann kann man ihn noch ein, zwei Tage vergessen, weil menschliches Versagen ist bei den Staatlichen immer beliebt, wenn sie zeigen wollen, wir können auch menschlich sein. Aber irgendwann muss man einen Unschuldigen wieder laufen lassen.

Ganz korrekt war das natürlich alles miteinander nicht. Im Grunde hätten sie den Brenner bei ein bisschen gutem Willen schon nach einem halben Tag wieder heimschicken können, weil entlastende Aussage in der Hand gehabt. Ob du es glaubst oder nicht, die Mali hat sich freiwillig gestellt. Und da muss ich dieses Mädchen wirklich einmal loben, ein Unschuldiger im Gefängnis, das hat ihr dann doch nicht gefallen. Bei der Polizei haben sie ihr aber erst geglaubt, wie sie ihnen ganz genau gezeigt hat, wie sie aus den Labelloverschlüssen ihrer Mama die Kekse gebastelt hat.

Ich muss sagen, Hut ab vor der Mali, in diesem Alter hat der Mensch noch ein Gerechtigkeitsempfinden, das ist etwas Wunderbares. Gestraft genug war sie auch, weil die Zeitungen sind natürlich über sie hergefallen, Rottweiler nichts dagegen. Aber nicht dass du glaubst, sie haben das Mädchen verurteilt, ganz im Gegenteil, armes Mädchen mit dem Hundetrauma, hat es geheißen. Zuerst haben die Chefredakteure noch gesagt, warten wir lieber das Foto ab. Aber dann das hübsche Gesicht mit der sexy Narbe, da haben sie gesagt, machen wir «armes Mädchen» und nicht «bösartige Hundekillerin». Vorbereitet hätten sie beide Artikel gehabt, so wie sie bei wichtigen Fußballspielen, die erst knapp vor Redaktionsschluss enden, einen Artikel für Sieg vorbereiten, einen für Weltuntergang.

Und weil ich gerade sage Weltuntergang. Für den Brenner hat es in den nächsten Tagen noch ein paar schöne Überraschungen gegeben.

siebzehn

Aber dass es so was gibt! Jetzt war der Brenner in Freiheit und hat sich immer noch nicht aus seinem Zuhause, sprich *White Dog*, hinausgetraut. Die ganze Zeit ist er bei der Magdalena gesessen und hat sich nur gerührt, wenn er den Kamillentee zum Mund geführt hat.

Die Magdalena hat ihm das beigebracht, wie gut der Kamillentee ist. Nein, nicht nur wenn krank, Kamillentee immer gut, hat die Magdalena gesagt, und der Brenner hat zugeben müssen, es ist wahr. Kamillentee immer gut. Und wenn ich dir irgendwas mitgeben kann auf deinen Lebensweg, dann merk dir das, Kamillentee schmeckt gut, und du musst ihn nicht mit dem Weinthermometer untersuchen, weil einfache Regel: Wenn du dir die Zunge verbrennst, ist er zu heiß, und wenn er nach Käsesocken schmeckt, ist er zu kalt, und dazwischen ist er genau richtig, das ist wie eine Symphonie, aber nicht aus Tönen, sondern aus Kamillentee.

Der Brenner ist jeden Tag mehr auf den Geschmack gekommen. Er ist mit der Magdalena am Tisch gesessen, sie hat ihre Modezeitschriften angeschaut, und er hat die Magdalena angeschaut, aber eigentlich hat er durch sie hindurchgeschaut wie durch das reinste Gitterbett.

Oder er hat in den Kamillentee hineingeschaut und seine Beobachtungen gemacht. Wie es nach jedem Schluck ein bisschen weniger Tee geworden ist, und wenn die Magdalena ihm nachgeschenkt hat, war die Tasse wieder voll, sehr interessant.

«Tut noch weh?», hat ihn die Magdalena gefragt. Wie sie die Wunde auf seiner linken Wade das erste Mal gesehen hat, ist ihr vor Schreck ein Stöhnen ausgekommen, echtes Mitleid, darüber ist dann der Brenner wieder erschrocken. Weil kommt heute nicht mehr so oft vor, und dann ist man nicht vorbereitet.

Er hat sich am ersten Morgen nicht viel dabei gedacht und beim Frühstück den Verband abgenommen, und dann hat man schon gesehen, dass der Anblick der Wunde ihr ein bisschen an die Nieren geht. Pass auf, sie hat das Nagellackentfernerfläschchen zugeschraubt. Ganz langsam und bedächtig. Und gleichzeitig muss irgendein boshafter Geist mit einem neuartigen, vollkommen geruchslosen Gesichtsfarbenentferner durch das Zimmer marschiert sein, so ist der Magdalena die Farbe abgeronnen.

Ein paar Tage hat sie es dann ohne weiteres akzeptiert, dass aus dem Brenner kein einziges Wort herauszubringen war. Schön langsam ist ihr das aber doch unheimlich geworden, jetzt hat sie es wieder einmal mit einer Frage probiert, sprich: «Tut noch weh?»

Aber der Brenner hat kein Mitleid gekannt und nicht geantwortet. Richtig weh getan hat es sowieso nicht mehr. Er hat auch schon wieder ganz gut gehen können, das war überhaupt keine Ausrede dafür, dass er sich nicht bewegt hat. Aber es war eine praktische Ausrede vor dem Schmalzl. Weil der hätte ihn normalerweise schon längst hinausschmeißen müssen, was soll das für ein Detektiv sein, der da tagelang nur in seinem Zimmer sitzt, mit einer alten Decke über dem Rücken das polnische Mädchen von der Arbeit abhält und seine eigene Arbeit überhaupt vollkommen vergessen hat.

Du wirst sagen, die Mali hat sich selber gestellt, die Hundekeksstreuerin ist gefunden, da könnte der Schmalzl ja zufrieden sein. Aber das ist nur die halbe Wahrheit. Weil die Mali hat ihre Hundekekse aus Labelloverschlüssen gebastelt. Und die Hundekekse am Tisch der Hartwig waren natürlich nicht aus Labelloverschlüssen gebastelt. Und das hat der Brenner dem Schmalzl dummerweise erzählt, wie er aus dem Polizeigefängnis heimgekommen ist. Das war natürlich Musik in den Schmalzl-Ohren. Der war so frustriert, dass er durch das Mali-Geständnis um den Dank der Öffentlichkeit gebracht worden ist, dass er gleich wieder ein neues Ziel formuliert hat, sprich: Die Hartwig bringst du mir auch noch.

Aber der Brenner hat nicht im Traum daran gedacht. Der hat nicht einmal reagiert, wie die Magdalena ihm erzählt hat, der kleine Berti hätte während seiner Gefängnistage einmal zurückgerufen.

«Das ist ganz ein netter Mensch», hat die Magdalena jetzt wieder angefangen.

Aber der Brenner keine Reaktion. Normalerweise hätte er die Magdalena zusammenschimpfen müssen, und was fällt dir ein, dass du meine Ermittlungen durcheinander bringst. Aber dem Brenner war es egal. Interessant, dass man durch die Magdalena durchschauen kann, fast wie durch ein Gitterbett, hat er überlegt. Einziger Nachteil, das war ein sprechendes Gitterbett.

«Er hat gesagt, an deiner Stelle würde er sich Sohn von Frau Summer anschauen.»

Der Brenner hat sich aber nur den Kamillentee angeschaut.

«Die hat nämlich Sohn gehabt.»

Wie soll ich ihn mir denn sonst anschauen, hat der Brenner jetzt innerlich doch ein bisschen zurückgemault. Da haben sich letzte Spuren von Leben in seinem inneren Grant gezeigt, aber das war auch schon alles. Nur gut, dass sie nicht gesprochen hat, während sie lackiert oder entfernt hat. Das waren herrliche Ruhepausen. Aber nach jedem Nagel wieder eine Meinung, immer abwechselnd, nie gleichzeitig. Auch das ein bisschen wie bei einem Gitterbett, wo sich Zwischenraum und Gitterstab immer abwechseln, da ist auch immer entweder das eine oder das andere, nie beides gleichzeitig.

«Sohn war natürlich nicht begeistert, dass sie ganze Erbe Hund gegeben hat. Ich kann das verstehen.»

Okay, jetzt redet sie eben kurz, aber gleich wird sie wieder lackieren, hat der Brenner sich getröstet. Der Geruch hat ihn gar nicht mehr so gestört. Das Gerede hat ihn gestört. Weil die Magdalena hat nicht und nicht mit dem nächsten Finger anfangen wollen:

«Sohn hat komplett neues Leben angefangen. Unter neuem Namen. Herr Berti weiß aber neuen Namen auch nicht.»

Großartiger Tipp, hat der Brenner sich gedacht. Weiß nicht einmal den Namen, aber groß herumtelefonieren, dass ich ihn mir anschauen soll.

Im Nachhinein muss ich sagen, schon ein kleines Wunder, dass ihn der Schmalzl nicht hinausgeschmissen hat. Aber das ist immer wieder interessant. Die brutalsten Menschen sind oft in Kleinigkeiten tolerant, genau so, wie die sanftesten Menschen oft bei Kleinigkeiten keine Gnade kennen. Jetzt hat der Schmalzl den Brenner in Ruhe seine Wunden lecken lassen, und wenn er ihn gegrüßt hat, ganz neutral, nicht mit diesem motivierenden Unterton, mit dem Chefs gern grüßen, quasi, ich zähle auf dich. Weil da hat der Schmalzl so seinen Instinkt gehabt, dass man auf einen Brenner in dem Sinn nicht zählen kann.

«Decke ist fein?»

Der Magdalena hat es gefallen, dass der Brenner so eine Freude mit ihrer alten polnischen Decke gehabt hat. Weil die Magdalena hat gespart, das glaubst du gar nicht, die hat sich nichts gekauft in Wien, außer jede Woche ihren Nagellack, ihre Zeitschrift und ihr Handy. Das ganze Geld heimgeschafft, und was sie zum Leben gebraucht hat, hat sie von daheim mitgenommen. Nur damit du verstehst, warum die ihre alte Decke dagehabt hat.

Der Brenner hat nichts gesagt. Nicht einmal genickt. Sonst sagt sie wieder, Decke von meiner Omi in Polln. Weil die Polen selber sagen nicht «Polen», sondern «Polln», das dürfte sprachliche Gründe haben, und die Geschichte über ihre Omi aus Polln hat sie ihm in den letzten Tagen schon ungefähr tausendmal erzählt, darum hat er jetzt nicht einmal genickt.

Er hat einen Schluck Kamillentee genommen, da war eine Stelle in der Tasse, wo man gesagt hat, jetzt ist sie noch knapp mehr als halb voll, und dann hat man einen Schluck gemacht, und dann hat man gesagt: Jetzt ist sie weniger als halb voll. Wenn man dann ganz wenig nachgeschenkt hat, war sie wieder mehr als halb voll. Und nach dem ersten Schluck wieder weniger als halb voll. Und da gibt es immer die großen Theoretiker, die den Optimismus in die Welt hinaustrompeten, dass jeder normale Mensch einen Gehörschaden kriegt, und die wollen, dass man nicht zugibt, die Flasche ist halb leer. Sie wollen, dass man sagt, halb voll. Dabei gibt es halb gar nicht, das hat der Brenner ja gerade in tagelangen Tests mit seiner Kamillenteetasse herausgefunden.

«Decke von meine Omi in Polln.»

Der Brenner hat leise geseufzt.

«Hast du Sorge?»

Sorgen in dem Sinn nicht. Sicher, die Wade hat er schon noch ein bisschen gespürt, und manchmal hat er kurz hinunterschauen müssen, ob der tote Hund nicht zufällig immer noch an seinem Bein hängt. Aber halb so schlimm. Wenn man einmal davon absieht, dass es halb nicht gibt.

«Tut Fuß noch weh?»

«Halb so schlimm.»

Die Magdalena war beruhigt, dass er noch lebt, und ist wieder in ihrer Modezeitschrift versunken, weil mit den Fingernägeln war sie jetzt fertig.

Aber justament jetzt hat der Brenner mit dem Reden anfangen müssen.

«Halb so schlimm», hat er noch einmal gesagt, und die Magdalena hat noch einmal abwesend genickt und sich eine Zigarette angezündet. Jetzt hat sie auf einmal drei Dinge gleichzeitig tun können. Sich eine Zigarette anzünden, gleichzeitig wahnsinnig aufpassen, dass nichts mit dem frischen Nagellack passiert, und gleichzeitig den Blick nicht vom Horoskopartikel abwenden.

«Kennst du das», hat der Brenner weitergeredet, es war ihm egal, ob sie jetzt lesen will oder nicht: «Man kann sagen, die Flasche ist halb voll oder halb leer.»

«Ich immer Optimist.»

Aber wenn sie geglaubt hat, sie kann jetzt in Ruhe ihren Artikel lesen, war sie wieder zu optimistisch. Weil kaum dass sie wieder schön ins Lesen hineingekommen ist, hat der Brenner wieder angefangen.

«Aber bei halb so schlimm sagen nicht einmal die Optimisten: halb so gut.»

«Was?»

«Ich sag, bei halb so schlimm sagen nicht einmal die Optimisten: halb so gut.»

«Du bist Pessimist.» Jetzt hat sie den Horoskopartikel endgültig aufgegeben und dem Brenner ins Gewissen geredet. «Das ist jetzt nur der Biss bei dir! Das ist wie Krankheit. Macht depressiv. Wirst sehen, bald wird besser.»

«Dabei gibt es halb gar nicht.»

«So wie du das sagst, klingt nicht optimistisch. Männer sind viel depressiv. Ich weiß von Geschäft, alle nur depressiv. Ich bin Sextherapist. Ehrlich, Brenner.»

«Jaja.»

Die Magdalena hat gelacht: «Ich mache mir ein goldene Schild an Tür: ‹Sextherapist Dr. Magdalena.›

«Schild», hat der Brenner gesagt. Er ist aufgestanden, hat aber nicht recht gewusst, warum.

«Du spürst die Spritze», hat die Frau Sextherapist ganz wichtig gesagt. «Tetanusspritze. Das ist der Körper. Der will nicht Tetanusspritze. Das ist normal. Wirst sehen, morgen besser, übermorgen noch besser, bis Heiraten ganz gut!»

«Beim Gehen tut es weniger weh als beim Sitzen.»

«Bewegung immer gut!»

Eines muss ich ganz ehrlich sagen. Der Brenner ist an diesem Tag nur hinausgegangen, damit er der Magdalena entkommt. Ich sage es nur, weil dann hinterher alle den Brenner so großartig gefeiert haben, Superdetektiv und was weiß ich noch alles. Ich bin bestimmt nicht gegen den Brenner. Ich kenne eben seine Stärken und seine Schwächen. Und da stört es mich, wenn die anderen dann daherkommen und sagen, Superdetektiv. Und was weiß ich noch alles. Eifersüchtig bin ich deshalb noch lange nicht. Es stört mich einfach nur. Sie haben von nichts eine Ahnung, wissen nicht einmal, dass der Brenner eigentlich nur hinausgegangen ist, damit er endlich dieser Ehehölle mit der Magdalena entkommt, aber dann kommen und jubeln: Superdetektiv.

Obwohl ich ganz ehrlich sagen muss. Super war das schon, wie es dann bei ihm klick-klick-klick gemacht hat.

achtzehn

Klick-klick-klick, hat die rote Fußgängerampel gemacht, und wenn sie auf Grün gehüpft ist, hat sie gesummt. Aber der Brenner ist immer noch da gestanden, wie es schon wieder klick-klick-klick gemacht hat. Er hat jetzt keine Zeit zum Hinübergehen gehabt. Er hat zu seinem Bein hinunterschauen müssen, ob da auch ganz sicher kein toter schwarzer Hund dranhängt.

Du wirst sagen, über so einen Hundebiss muss man auch einmal hinwegkommen, irgendwann ist das Vergangenheit, und so weich darf ein Detektiv nicht sein. Das stimmt schon, und immer, wenn er gesehen hat, der Hund hängt ja gar nicht da, ist es dem Brenner auch wieder gut gegangen, und er hat sich gesagt, Vergangenheit, Schwamm drüber. Aber wenn er weggeschaut hat, sofort das Gefühl, der Hund hängt wieder dran. Also wieder hinunterschauen, und Gott sei Dank, der Hund wieder weg. Aber wegschauen, und der Hund wieder da. Es war genau wie bei der Ampel das ewige Hin und Her von Rot und Grün. Klick-klick-klick, hat es gemacht. Dann wieder gesummt. Aber der Brenner ist nicht hinübergegangen.

Eigentlich hätte er ja gehofft, dass es beim Herumgehen besser wird als daheim beim Herumsitzen, dass er da beim Spazieren den Hund abstreifen kann. Ich sage zwar immer, Spazierengehen ist nur der nervöse Bruder vom Herumsitzen, sprich zu wenig, wenn du wirklich einen Hund loswerden willst. Aber andererseits, dass er ihn ausgerechnet loswird, wenn er eine

Viertelstunde wie der Ochs vorm Tor an der Ampel steht und sich nicht auf die andere Straßenseite hinüber traut, hätte ich mir auch wieder nicht gedacht.

Du musst wissen, er hat an der Ampel über ein Problem nachgedacht. Und Problem auf jeden Fall immer eine gute Methode, um einen Hund zu reduzieren. Du hast zwar das Gefühl, dass dich der Hund wahnsinnig beim Problem stört, und das stimmt auch, gar keine Frage. Aber eines muss man da schon auch einmal klar und deutlich sagen. Wir reden jetzt nicht von idealer Problemlösungssituation, wir reden von Hund-Loswerden. Da darf das Problem ruhig ein bisschen auf der Strecke bleiben, Hauptsache, der Hund bleibt auch auf der Strecke.

So schnell ist das natürlich nicht gegangen. Das hat gedauert, bis er richtig in das Problem hineingekommen ist. Da möchte ich nicht so tun, als hätte er wahnsinnig konzentriert nachgedacht. In erster Linie hat er einfach dem immer wiederkehrenden Summen der grünen Ampel zugehört. Und dann bei Rot wieder schön klick-klick-klick.

Der Brenner hat so viele grüne Ampeln ungenutzt verstreichen lassen, inzwischen sind in Wien rein statistisch schon drei Leute gestorben, weil Wien sterbende Stadt, und da kriegt der eine seinen Herzschlag, beim zweiten macht der Krebs den letzten Biss, dann kommt vielleicht noch dem einen oder anderen Chirurgenlehrling die Bohrmaschine aus, das passiert alles in so einer Stadt binnen fünf, sechs Grünphasen, und der Brenner geht immer noch nicht hinüber, sondern hört sich das Ampelkonzert an.

Und ganz leise, leiser noch als das Ampelsummen, hat er selber gesummt. «Mama». Weil er hat nicht mehr gern gepfiffen, seit ihm das mit dem sentimentalen Vibrato aufgefallen ist, quasi Großvater, und so alt bin ich doch noch nicht. Aber interessant, der Brenner hat nur gesummt, wenn die Ampel auch gesummt hat. Und wenn die Ampel klick-klick-klick gemacht hat, ist er verstummt und hat nachgedacht. Nicht gleichzeitig. Abwechselnd, so wie die Magdalena mit Denken und Nagellack. Und beim Summen hat er nicht nachgedacht, sondern innerlich den Text mitgesungen: «Mama, du sollst nicht um deinen Jungen weinen!»

Jetzt, was für ein Problem war da so interessant, dass es den Brenner sogar vom Hund befreit hat. Sagen wir einmal so. Es war weniger ein Problem, es war mehr eine Frage, die ihm der Ampel-Summer geflüstert hat. So ein Ampel-Summer hat natürlich keinen großen Wortschatz, der kann im Grunde nur seinen Namen sagen, sprich: Summer. Aber aus dem Namen hat sich dann eben die Frage ergeben: Was hat der Berti da am Telefon der Magdalena erzählt? Dass der Summer-Sohn jetzt unter einem anderen Namen lebt? Klick-klick-klick. Und dann hat der Brenner zu dieser Frage eine andere Frage dazugetan. Wie hat wohl der Hojac früher geheißen?

Siehst du, dir ist das natürlich schon viel früher aufgefallen. Wie da den Brenner das Schild vom *Summer-Sun* so beschäftigt hat, ein paar Tage nachdem er bei der Hartwig SUMMER gedrückt hat. Das hätte ihm schon selber auch zu denken geben müssen, wo es doch normalerweise keinen Menschen gibt, den die Gestaltung von Firmenschildern weniger interessiert als den Brenner.

Und wie er jetzt wieder vor dem Schild vom *Summer-Sun* gestanden ist, weil er ist dann überhaupt nicht mehr über die Straße gegangen, sondern gleich in ein Taxi gehüpft, da hätte er sich schon am liebsten in den Arsch gebissen. Dass er da nicht früher zwei und zwei zusammengezählt hat. Weil natürlich, Sohn und Sonne, das hat er sich schon in der Schule nie merken können, wie man das auf Englisch richtig schreibt. Und wenn du dich da mit dem «o» und dem «u» vertust, hast du statt einem Solarium auf einmal einen enterbten Summer-Sohn, wo die Mutter lieber alles dem Hund hinterlassen hat als dem Sohn, der seinen Namen aufgegeben hat.

Jetzt hat er endlich auch den Heintje verstanden. Warum er den nach seinem Besuch beim Hojac nicht pfeifen wollte, sondern summen. Da haben ihm ja die Stimmbänder den besten Hinweis seines Lebens gegeben! Mein Gott, jetzt, wo es zu spät war, ist es ihm alles aufgefallen. Dabei war das schon verdächtig, dass ihm auf einmal sein Pfeifen nicht mehr gefallen hat. Weil ehrlich gesagt, der Brenner hat immer schon so sentimental gepfiffen wie sein Großvater, eher ärger.

Er hat jetzt Zeit genug gehabt, sich das Schild anzuschauen, weil bei der Treuhund war niemand da. Nach dem fünften Klingelversuch hat der Brenner einfach auf gut Glück beim *Summer-Sun* geklingelt. Und siehst du, da haben sie genau so einen Summer gehabt, wo du dir mit dem Klingeldrücken selber automatisch die Haustür aufsummst.

So etwas ist günstig für jeden Werbematerialverteiler, und natürlich auch günstig für jeden Detektiv. Weil der Brenner nichts wie hinauf in den ersten Stock. Du wirst sagen, wenn von unten niemand auf sein Klingeln reagiert, warum soll dann oben jemand auf sein Klingeln reagieren. Das stimmt schon, aber als Detektiv musst du einfach alles versuchen. Nachher hat es der Brenner auch zugeben müssen, es war ein Versuch, aber er hat nichts eingebracht. Klingeln, Klopfen, Schreien, alles ohne Reaktion.

Irgendwas Ungewöhnliches ist ihm auch nicht aufgefallen. Wo man sagen könnte, das ist es, weil irgendeine Feinheit anders ist, der Fußabstreifer liegt verkehrt, oder noch feiner, man hat ein Haar über eine verschlossene Tür geklebt, und das ist jetzt weg, oder man schaut hinauf und sieht, da tropft ja das Blut durch den Plafond. Aber so genau der Brenner sich auch vor dem Hojac-Büro umgeschaut hat, ihm ist nichts aufgefallen.

Höchstens dieser leicht angebrannte Geruch. Normalerweise riecht es in einem Bürohaus ja nicht angebrannt. Sicher, sie haben heute auch ihre Kochnischen in den modernen Büros, aber da wärmen sie höchstens das Diätjoghurt im warmen Wasserbad an, damit es nicht so hart auf dem Magengeschwür aufschlägt, aber das ergibt eben alles miteinander keinen angebrannten Geruch.

Beim Hinuntergehen ist ihm vorgekommen, dass der Geruch unten noch stärker ist. Wenn du natürlich schon früher einmal durch eine Hintertür gegangen bist, ist die Schwellenangst nicht so groß, jetzt hat er einfach seinen Kopf durch die Hintertür vom *Summer-Sun* gesteckt.

Dran war der Kopf dann schon noch, aber der Ekelgeruch ist ihm derart ins Gesicht gefahren, das kann sich ein Mensch, der das nie erlebt hat, gar nicht vorstellen. Ich weiß jetzt nicht, ob man medizinisch gesprochen vom eigenen Schädelweh Gehirnerschütterung kriegen kann, aber angefühlt hat es sich ganz genau so.

Weil das ist kein angenehmer Geruch, wenn ein betäubter Mensch seit drei Stunden in der voll aufgedrehten Sonnenbank liegt. Das kann man mit dem Gestank aus einer Kochnische überhaupt nicht vergleichen.

Wie der Brenner die Turbo-Sonnenbank mit dem leuchtenden Schriftzug *Radar Love* aufgerissen hat, hätte es ihn nicht gewundert, wenn der Hojac am Deckel picken geblieben wäre.

Aber Gott sei Dank war es doch nicht so schlimm, wie es gerochen hat, und der Hojac noch am Leben. Bewusstlos, aber nicht tot. Nicht tot, aber rot. Vor lauter Erleichterung hat der Brenner daran denken müssen, wie damals bei seinem Mopedausflug nach Italien die aufgebrannten Engländer am Strand gelegen sind. Weil schön hat der Hojac wirklich nicht ausgesehen. Aber eine Schönheit war er ja vorher auch nicht, jetzt war nicht viel vermurkst.

Der Brenner hat wieder ganz andere Sorgen gehabt. Sein Kopfweh ist von dem Gestank und von der Hitze mit jeder Sekunde ärger geworden. Weil mit dem Kopfweh ist es immer so eine Sache. Zuerst glaubst du schon, du hast Kopfweh, nur weil du vor Schmerz das eine Aug nicht mehr aufbringst und mit dem anderen doppelt siehst. Aber wenn dann das richtige Kopfweh einsetzt, erinnerst du dich daran als die gute alte Zeit.

Nur damit du verstehst, warum der Brenner den Hojac ein bisschen beneidet hat, wie der da so schön bewusstlos gelegen ist und nichts mitgekriegt hat von seinem Sonnenbrand. Aber es nützt nichts, der Brenner kann sich nicht dazulegen, sondern ganz gegenteilige Überlegung, sprich, wie krieg ich den so schnell wie möglich wach, was ist das beste Gegengift gegen so ein Betäubungsmittel. Weil freiwillig ist der Hojac natürlich nicht da drinnen gelegen.

Aus seiner Zeit bei der Rettung hat der Brenner sich mit diversen Mitteln und Gegenmitteln gar nicht so schlecht ausgekannt, jetzt hat der Hojac zwei Minuten später schon ein bisschen geblinzelt. Weil eine Ohrfeige ins Gesicht, damit kannst du einen Toten aufwecken, wenn du sie richtig auflegst, da sind einfach die ältesten Rezepte die besten. Ehrlich gesagt, so fest hat der Hojac gar nicht geschlafen, eine derartige Granate hätte ihm der Brenner gar nicht auflegen müssen. Da dürfte schon auch ein bisschen die Revanche dabei gewesen sein.

Weil wie der Hojac schon fast ansprechbar war, hat der Brenner ihm noch eine zweite gegeben. Also keine Verkehrte, das soll jetzt nicht so aussehen, als hätte er den links und rechts abgewatscht. Sondern nur linke Backe. Mein lieber Schwan, die hat geglüht. Zuerst die Überdosis Kunstsonne, und jetzt der Brenner zweimal derartig durchgezogen, wo jeder Tennisprofi sofort zu jammern anfängt und in hundert Interviews sagt, mein Arm muss jetzt ein halbes Jahr in ein Erholungsheim.

Bei Ohrfeigen muss man natürlich immer ganz genau unterscheiden. Ich glaube, die erste hat er ihm mehr zum Aufwachen und nur ein bisschen zum Heimzahlen gegeben, und die zweite hat er ihm schon fast nur mehr als Retourwatsche gegeben. Obwohl er immer noch nicht genau gewusst hat, warum der Hojac ihm den Schlägertypen auf den Hals gehetzt hat. Aber wenn man im Leben die Chance hat, eine Ohrfeige zurückzugeben, soll man es auf jeden Fall tun, und nachher ist die Sache abgehakt.

Jetzt warum hat er ihm die dritte gegeben? Die, wo dann das Trommelfell vom Hojac nie wieder ganz in Ordnung gekommen ist. Die dritte hat er ihm natürlich aus Enttäuschung gegeben. Weil wenn du den Verdächtigen in der Sonnenbank findest, dann weißt du, dass du den Täter wieder nicht erwischt hast.

Neunzehn

Wie der Hojac im Solarium aufgewacht ist, hat ihn das fürchterliche Licht der Sonnenbank geblendet, dass er noch tagelang die Röhren gesehen hat. Jetzt umgekehrt: Wie der Brenner im Flakturm aus der Bewusstlosigkeit aufgewacht ist, hat er überhaupt nichts gesehen. Ein paar Mal hat er versucht, sich die Kapuze von den Augen zu ziehen. Aber dann hat er es eingesehen, er hat gar keine Kapuze auf. Es war einfach nur so finster im Flakturm, und wenn man da die Betonwände weggenommen hätte und die Finsternis wäre ausgekommen, hätte sich wahrscheinlich bis heute kein Tag mehr nach Wien verirrt.

Normalerweise, wenn du in einen dunklen Raum kommst, siehst du nur am Anfang nichts, aber dann arbeiten die Augen, ja was glaubst du, da gehen die Stäbchen und Zäpfchen auf Wanderschaft, und nach zwei Minuten siehst du dann doch ein bisschen.

Aber wenn das ganze Wandern nichts nützt, dann weißt du, dass du in einer ziemlich großen Finsternis sitzt. Zumindest bei der Luke, durch die er hereingeklettert ist, hätte doch ein Silberstreif hereinkommen müssen. Richtig erklären hat er sich das nicht können, aber er hat zu der Meinung tendiert, dass das Licht einfach zu schwach war für den Flakturm. Da heißt es ja in diesem schönen alten Spruch, ich weiß jetzt nicht, Religion oder Reklame: «Und das Licht leuchtet in der Finsternis, und die Finsternis hat es nicht ergriffen.» Das soll so viel heißen wie *positive thinking*, quasi das Licht stärker als jede Finsternis. Ein schöner Gedanke, aber der Brenner hat jetzt gesehen: Stimmt nicht. Sprich, die Finsternis stärker als das Licht.

Wie lang er bewusstlos gewesen ist, hat er nicht sagen können. Eine Zeit lang muss es schon gewesen sein, weil warum wäre er sonst kalt wie ein Eiszapfen aufgewacht. Dann ist ihm eingefallen, dass er ja noch das Handy von der Magdalena hat. Hilferuf natürlich aussichtslos, wenn du in einem Betonbunker mit meterdicken Mauern sitzt. Aber immerhin hat er auf die Uhr schauen können. Dass man in einer halben Stunde so auskühlen kann, hat der Brenner sich gewundert. Er hat nicht wissen können, dass es schon zwei Tage und eine halbe Stunde waren, da verlierst du in der Finsternis ein bisschen das Zeitgefühl.

Unglaublich, draußen war es so heiß, dass die Eltern für die vorverlegte Kinderschwimmbaderöffnung auf die Barrikaden gestiegen sind, und ihm war keine fünfzig Meter entfernt so kalt, dass ihm fast der Verstand ausgesetzt hat. Und die Kälte war noch das kleinste Problem. Du musst wissen, wie die Treuhund damals mit den allerersten Umbauplänen dahergekommen ist, hat die Gemeinde Wien einmal ein paar Feuerwehrleute in den Flakturm hineingeschickt. Weil da ist seit Jahrzehnten kein Mensch drinnen gewesen, und jetzt einmal Lokalaugenschein. Dann sind die Feuerwehrmänner vorsichtshalber gleich einmal mit schwerem Atemschutz eingestiegen.

Der Gestank hat übrigens dieselbe Ursache gehabt wie das mit dem Boden, wo er sich in der Finsternis so gewundert hat, warum ist der Boden an manchen Stellen so weich. Ist natürlich ganz klar, weil Ratten, Tauben, Krähen leben nicht ewig, und wenn sich da zu viele Generationen im Lauf der Jahrzehnte zur Ruhe legen, entsteht auf dem Betonboden eine weiche Schicht, das ist ganz normal.

Begriffen hat er es dann schon, aber es war doch ein Glück, dass ihm das Schädelweh immer noch den Verstand vernebelt hat. Lieber an etwas anderes denken, an etwas Angenehmes, wie man Weihnachten '54 eine lange Unterhose vom Christkind bekommen hat. Und so weiter, der Brenner hat sich jetzt angestrengt an die schönsten Höhepunkte in seinem Leben erinnert, damit er sich ein bisschen ablenkt.

Wenn du dir natürlich in der Kälte zu lange schöne Dinge vorstellst, kann es passieren, dass du stirbst. Jetzt hat der Brenner Glück gehabt, dass ihm irgendein Vogel ins Gesicht gestiegen ist und ihn wieder aufgeweckt hat. Mein lieber Schwan, ihm war so kalt, dass er es nicht einmal richtig gespürt hat, wie er sich an einem Eisenträger das Knie aufgeschlagen hat. Aber er hat sich zusammengerissen und ist wieder aufgestanden und ein bisschen herumgegangen.

Es hat ihm nicht gepasst, dass er da herinnen sein Leben beenden soll. Er war sicher kein Mensch, der sich ein Staatsbegräbnis wünscht, oder dass da der Polizeipräsident persönlich zu seinem Sarg kommen müsste. Aber da herinnen im Flakturm ist es ihm doch ein bisschen zu sang- und klanglos gewesen.

Und der Mensch hofft ja bis zum letzten Moment, jetzt hat der Brenner sich eingeredet, es ist vielleicht ein gutes Zeichen, dass die Wunde auf seinem Hinterkopf, wo ihm der Sohn der Amtsärztin hinterrücks die Schaufel drüber gezogen hat, nicht mehr blutet. In Wirklichkeit war es natürlich nur ein Zeichen, dass er schon zwei Tage länger da war, als er geglaubt hat, aber der Gedanke ist ihm Gott sei Dank in dem Moment nicht gekommen.

Aber interessant. Gedächtnisverlust hat er keinen gehabt. Er hat sich noch genau erinnert, wie er vom Hojac zur Amtsärztin gefahren ist, und die hat ihm gesagt, ihr Sohn ist auf der Baustelle. Wie er dann einem Taxifahrer gesagt hat, er soll ihn ganz zum Flakturm hineinfahren. Der hat natürlich ein Geschrei gemacht, frage nicht, und in einen Park hineinfahren gegen das Gesetz. Da hat er nicht einmal Unrecht gehabt, aber der Brenner hat ihm einen Fünfhunderter hingehalten, und ich sage immer, fünfhundert Schilling sind meistens so ungefähr die Grenze für das Gesetz.

Sogar an die letzten Sekunden vor der Bewusstlosigkeit hat der Brenner sich noch erinnert. Wie er durch die schmale Luke geklettert ist, die sonst immer mit diesem eisernen Baustellenladen verrammelt war. Er hat ja überhaupt nur die Gelegenheit gehabt, hineinzuklettern, weil der Architekt auch gerade drinnen war. Der hat die Hartwig nach einer Baustellenbesichtigung nicht mehr herausgelassen, und nach einer guten Woche wollte er sie jetzt sauber einbetonieren. Weil ich glaube, mit eigener Hand ist es dem nicht so leicht gefallen, und als Architekt ist es vielleicht ein schöner Gedanke, wenn ein Gebäude das für dich erledigt. Und wenn der Flakturm ihm bei der Hartwig die Arbeit abgenommen hat, warum soll er es nicht beim Brenner noch einmal für ihn erledigen.

Der Brenner hat sich jetzt sogar an seinen letzten Gedanken vor der Bewusstlosigkeit erinnert, wie der Architekt schon zum zweiten Mal mit der Schaufel ausgeholt hat. Oder eigentlich nicht Gedanke, eigentlich einfach Wutanfall. Weil in der Polizeischule haben sie ihnen eingeschärft, dass man den Täter in praktisch allen Fällen schon am Anfang der Ermittlungen kennen lernt. Aber ihm muss es natürlich passieren, dass seine Amtsärztin die Mama vom Flakturm-Architekten ist, den er erst kennen lernt, wenn alles zu spät ist.

Dabei ist er dem Brenner gleich wie ein alter Bekannter vorgekommen. Und das ist nicht nur an den Haaren gelegen, weil auf einer Seite noch ganz schwarz, auf der anderen Seite schon ziemlich grau, da ist der Pigmentfehler bei denen einfach in der Familie gelegen, und nicht Franzbranntwein. Und es waren auch nicht seine Augen, die genau so ernst geschaut haben wie die Augen der Amtsärztin. Und im Grunde auch nicht diese Bewegung, die dem Brenner aufgefallen ist. Weil ob du es glaubst oder nicht, der hat beim Schaufel-Ausholen genau die gleiche Bewegung gemacht wie einmal die Amtsärztin bei der Bandscheibenuntersuchung.

Sondern manchmal trifft man einfach wen, zu dem man gleich einen inneren Draht hat. Und ich trau mich wetten, wenn er dem Sohn der Amtsärztin in einer anderen Situation begegnet wäre, hätte das sein bester Freund werden können, wo man jahrelang gut miteinander auskommt, Gespräche und alles, bis man sich vielleicht wegen einer Kleinigkeit überwirft, und dann kann es schon sein, dass auch einer zur Schaufel greift. Aber jetzt durch die schwierigen Umstände natürlich keine Gespräche und gleich die Schaufel.

Je weiter der Brenner sich von der Bewusstlosigkeit entfernt hat, umso deutlicher ist ihm aufgefallen, dass sein Kopfweh durch den Schlag nicht gerade besser geworden ist. Und die ekelhafte Luft hat es mit jedem Atemzug schlimmer gemacht. Jetzt hat er sich in seinem Taumel gedacht, ich probiere es lieber einmal ohne Atmen.

Da gibt es immer wieder die gescheiten Leute, die predigen, der Mensch soll immer tief atmen, dann lösen sich alle Probleme von selber. Ist natürlich ein großer Unsinn, weil es gibt viele Situationen im Leben, wo gerade das Luftanhalten das einzig richtige Rezept ist. Da brauchst du dir nur die Hundert-Meter-

Läufer einmal anschauen. Das wissen ja die wenigsten Leute, dass die in den zehn Sekunden, wo sie über die Laufbahn spritzen wie die reinsten Pitbull-Terrier, die Luft anhalten. Weil das macht gerade das Explosive aus. Und der Brenner hat jetzt ganz etwas Ähnliches erlebt. Je länger er die Luft angehalten hat, umso aggressiver sind ihm die Gedanken durch den Kopf getrampelt.

Seine Schuld am Tod der Hundezüchterin Hartwig ist ihm beim Luftanhalten durch den Kopf getrampelt. Dass er der Amtsärztin einfach viel zu viel erzählt hat, ist ihm beim Luftanhalten durch den Kopf getrampelt. Dass ihr Sohn die Puppi-Auslieferung verhindert hat, weil er das Vermögen für seinen Jahrhundertbau retten wollte, ist ihm beim Luftanhalten durch den Kopf getrampelt. Dass der ein paar schlecht nachgemachte Hundekekse ohne Labellokappe am Tisch zurückgelassen hat, wie er die Hartwig zu einer Baubesichtigung in den Flakturm eingeladen hat, ist ihm beim Luftanhalten durch den Kopf getrampelt.

Und beim Luftanhalten ist ihm jetzt durch den Kopf getrampelt, dass der Heintje der größte Versager auf der Welt ist, weil der das «Mama» in Wirklichkeit für die Amtsärztin gesungen hat, nicht für die Hojac-Mama. Der Hojac war zwar ein schmieriger Anwalt, ist ihm jetzt beim Luftanhalten durch den Kopf getrampelt, aber der hat sich über die Treuhandschaft nur das entgangene Erbe zurückgeholt. Der hat seinen Schläger ausgeschickt, ist dem Brenner beim Luftanhalten durch den Kopf getrampelt, weil jemand bei seiner besten Klientin herumgeschnüffelt hat, aber mit Mord hat er deshalb noch lange nichts zu tun gehabt. Und jetzt ist dem Brenner beim Luftanhalten durch den Kopf getrampelt, dass der Hojac lange vor ihm den richtigen Verdacht gehabt hat und deshalb in der

Sonnenbank gelandet ist. So ein Architekt ist ein künstlerischer Mensch, ist dem Brenner beim Luftanhalten durch den Kopf getrampelt, und der tötet einmal mit dem Licht, einmal mit der Finsternis.

Weil du darfst eines nicht vergessen. Je länger du die Luft anhältst, umso mehr staut sich das Blut in deinem Hirn. Jetzt ist dem Brenner durch den Kopf getrampelt, dass ohne seine Ermittlungen die Manu Prodinger das einzige Opfer geblieben wäre. Und jetzt ist ihm durch den Kopf getrampelt, dass die Puppi schuld am Tod der Manu Prodinger war, und er schuld am Tod der Hartwig. Weil jetzt ist ihm durch den Kopf getrampelt, dass er damals, kurz bevor der Hubschrauber über dem Flakturm aufgetaucht ist, den Hilfeschrei der Hartwig aus dem Flakturm heraus für einen Krähenschrei gehalten hat.

Im Grunde hat das Luftanhalten nur einen einzigen Nachteil. Wenn dir die Idee kommt, dass du ja auch so wie die Hartwig versuchen könntest, um Hilfe zu schreien, musst du in deiner ganzen Sauerstoffschuld zuerst einmal zehn Minuten lang schnaufen wie ein verendender Autobus, bevor du an einen Hilfeschrei überhaupt denken kannst. Und der Brenner hat jetzt in der fürchterlichen Flakturmluft so lange japsen und keuchen und seine Sauerstoffschuld gutmachen müssen, dass er, bevor er endlich zum Schreien fähig war, in seiner Verzweiflung etwas noch Hoffnungsloseres ausprobiert hat.

Weil er hat jetzt doch noch einmal versucht, ob er nicht mit dem Handy eine Verbindung zur Magdalena kriegt. Aber natürlich aussichtslos, da probierst du in der Not sinnlose Sachen.

Aber interessant. Da wären wir wieder beim Gleichzeitigen. Die Magdalena hat nämlich auch schon die ganze Zeit versucht, mit dem Brenner eine Verbindung zu kriegen, weil er schon zwei Nächte nicht heimgekommen ist. Auch aussichtslos natürlich. In die eine Richtung aussichtslos, in die andere Richtung aussichtslos. Das war aber schon das Einzige, was sie jetzt noch gemeinsam gehabt haben.

Die Magdalena hat den herrlichen Sonnentag genossen, quasi Kontrastprogramm. Weil so große Sorgen hat sie sich auch wieder nicht gemacht um den Brenner, dass sie die Sonne nicht genießt. Sie hat sich bei einem Blumenstand einen schönen Strauß Muttertagsblumen gekauft. Wenn du am zweiten Sonntag im Mai Blumen kaufst, dann sind das einfach Muttertagsblumen, auch wenn du sie nicht für eine Mutter kaufst, da gibst du das Kartonherz einfach weg, und schon sind es normale Blumen, die du auch einem Mann schenken kannst.

Da ist das Leben oft ein bisschen ungerecht, der eine sitzt im Flakturm, und bei den anderen geht gleichzeitig das muntere Vergnügen weiter. Beim Brenner war es jetzt sogar so, dass er sich eingebildet hat, er hört manchmal ganz leise Fetzen von spitzen Kinderschreien aus dem Augarten herein, wenn vielleicht ein Kind beim Spielen gerade besonders vergnügt war.

Jetzt hat er sich endlich zum Schreien aufgerafft. Ein Erwachsener kann natürlich nicht so durchdringend schreien wie ein Kind, da hat er nicht viel Hoffnung gehabt, dass ihn wer hört. Dafür hat es herinnen so fürchterlich gehallt, dass er Angst vor seiner eigenen Stimme gekriegt hat. Und ihm ist zu seiner Stimme wieder die Krähe eingefallen, die mit menschlicher Stimme um Hilfe geschrien hat.

In so einer Situation kommen dir leicht einmal Erinnerungen an die Kinderzeit. Und eines hat ihm schon als Schulkind immer zu denken gegeben. Wenn du am Abend auf der Straße gehst und du siehst zufällig einen Zug vorbeifahren, dann kommen dir die Reisenden im beleuchteten Zugfenster ganz fremd vor. Umgekehrt, wenn du lange in einem Zug fährst, kommen dir die Leute auf der Straße fremd vor. Genauso bist du manchmal der Spaziergänger im Augarten, der sich über den Schreihals im Flakturm denkt, laute Krähe. Dann bist wieder du der Schreihals im Flakturm, und der Spaziergänger draußen denkt sich jetzt über dich, laute Krähe. Und im Grunde nur ein bisschen Beton dazwischen, quasi Zufall.

Und noch etwas ist dem Brenner jetzt aufgefallen. Von außen ist so ein störendes Gebäude in deinem Park weniger schlimm, als wenn du drinnen sitzt und nicht mehr herauskommst. Weil du kannst im Leben in eine Situation geraten, wo dir das «Sie sind hier» regelrecht über den Kopf wächst.

Mit dem Schreien hat er dann wieder aufgehört, wie er gemerkt hat, so Stimmbänder sind dünn und halten auch nicht ewig. Aber interessant. Noch dünner als ein Stimmband ist eine Spinnwebe. Und der Brenner hat sich jetzt gewundert, dass er auf einmal eine Spinnwebe sieht. Sicher, wenn du viel um dein Leben schreist oder viel die Luft anhältst, kannst du Risse in der Netzhaut kriegen, dann siehst du Spinnweben. Aber das war es nicht. Wenn er die Augen zugemacht hat, war die Spinnwebe weg, und wenn er sie aufgemacht hat, Spinnwebe wieder da. Ein hauchdünner, weißer Faden ist da ungefähr zehn Meter über ihm gehängt. Da muss ihm das desolate Lifthaus so einen Blick ermöglicht haben, ein bisschen hat er sich das von den Plänen, die ihm der Hojac gezeigt hat, zusammenreimen können.

Und weil man in der Dunkelheit keine Spinnwebe zehn Meter über sich sehen kann, ist das ein hauchdünner Sprengriss gewesen. Und weil der Mensch so veranlagt ist, dass er sich in der Not an Spinnweben klammert, der Brenner jetzt: Vielleicht habe ich da oben einen Empfang.

Er hat es sogar probiert, ob er herunten schon einen Empfang hat, wenn er das Handy in Richtung Spinnwebe hält. Aber natürlich genauso wenig Erfolg wie die Magdalena, die mit ihrem Blumenstrauß beim Berti vorbeigeschaut hat, und jetzt Kaffeetrinken mit dem Berti und zwischendurch immer wieder die Nummer vom Brenner.

Der Berti war ganz ein freundlicher Mensch, so was findet man selten. Aber ein bisschen gewundert hat es ihn zuerst schon, dass der Brenner nicht selber kommt, wenn er was von ihm will. Weil so hat die Magdalena den Kontakt eingefädelt, quasi Assistentin. Aber die Magdalena war so nett zu ihm, und dann die Blumen, hat er ihr einen Kaffee gemacht, und warum soll man nicht ein bisschen plaudern.

Jetzt musst du wissen, den Berti hat gerade vor zwei Tagen seine Freundin verlassen. Du wirst sagen: Mein Gott, warum verlässt die den Berti. Schau, das ist bei den Frauen ganz unterschiedlich. Die eine will nur einen braven Mann, verlässlich und immer ehrlich, weil Lügen ganz schlecht, die andere braucht wieder einen, der mindestens 195 Zentimeter hoch ist, die dritte sagt, gescheit und einfühlsam soll er sein, die vierte sagt, einen guten Beruf soll er schon haben, die fünfte sagt, ich möchte einen Optimisten, weil depressiv bin ich selber, die sechste sagt, mir ist wichtig, dass wir gemeinsame Hobbies haben, Tennis, Schi fahren, Rollschuhe, die siebte sagt, bitte einen Arzt, die achte sagt, wenn möglich ein Italiener oder meinetwegen Dominikanische Republik.

Jetzt was sagt die neunte? Die neunte sagt: Hubschrauberpilot. Und das war die Freundin vom Berti. Ich muss ganz ehrlich sagen, das war eine Super-Frau, auch vom Wesen her, aber prinzipiell nur Hubschrauberpiloten. Und warum nicht? Die hat sich einfach am liebsten in Hubschrauberpilotenkreisen bewegt, das hat für sie einfach die gewisse dings gehabt.

Das einzige Problem, der Berti war in Wirklichkeit noch gar kein fertiger Hubschrauberpilot. Er hat sich ja am Flughafen mit Hilfsarbeiten als Mechaniker erst die Flugstunden verdient. Aber wie dann diese Superfrau einmal in die Werkstatt gekommen ist, ist er gerade in der Kanzel vom Turbinenhubschrauber gesessen, hat sie geglaubt, er ist der Pilot.

In Wirklichkeit hat er ihn gerade geputzt, weil da kriegen die Touristen bei den Rundflügen oft einen nervösen Magen, und das war dann eben dem Berti seine Aufgabe. Im Grunde muss man auch sagen, das ist verständlich, dass ein Mann so ein Missverständnis nicht aufklärt. Und außerdem. So viele Flugstunden hat er nicht mehr gebraucht bis zur Prüfung. Da war das nicht mehr als eine kleine Notlüge, bestimmt kein Verbrechen. Aber jetzt ist sie ihm eben noch vor der Prüfung drauf gekommen, und weg war sie. Da hat die Magdalena dem Berti stundenlang zugehört, Sextherapist nichts dagegen.

Zwischendurch hat sie immer wieder versucht, den Brenner zu erreichen, bis dann der Akku leer war.

Beim Brenner war der Akku noch nicht leer, aber viel hat nicht mehr gefehlt. Er hat sich gar nicht mehr probieren getraut, damit er nicht unnötig Strom verbraucht. Ich muss irgendwie zu der Spinnwebe hinauf, vielleicht hab ich da einen Empfang, einen anderen Gedanken hat er jetzt überhaupt nicht mehr im Kopf gehabt.

Empfang vielleicht schon. Aber wie kommt er hinauf? Ich muss ehrlich sagen, mit Licht wäre das schon möglich, dass du da im Flakturm irgendwie hinaufkommst. So desolat waren die Stiegen gar nicht überall. Wenn du da ein geschickter Kletterer bist, keine frisch zerbissene Wade hast und an der einen oder anderen Stelle ein bisschen dein Leben riskierst, kannst du da schon zehn Meter hinaufkommen. Aber wie gesagt, mit Licht. In der Finsternis brichst du dir hundertprozentig das Genick.

Wenn du natürlich keine Wahl hast, probierst du es in der Finsternis trotzdem. Jetzt sagen Millionäre gern, weißt du was, die erste Million ist am schwierigsten. Aber interessant. Das gilt für Kletterpartien im Flakturm auch. Die ersten Meter am schwierigsten. Weil da hat der Brenner zuerst überhaupt nichts gefunden, wie er irgendwie zur Spinnwebe hinaufkommen könnte.

Die einzigen Stufen haben in einen Irrgarten aus winzigen Räumen geführt, wo er am Schluss froh war, dass er überhaupt wieder zu seiner Spinnwebe zurückgefunden hat. Nur dass sie immer noch zehn Meter über ihm war. Und alle anderen Versuche sind noch schlechter ausgegangen. Ein paar Mal hat er sich schon wo kurz hinaufgezogen, dann fixierst du dich mit der einen Hand und greifst mit der anderen ins Leere. Oder es klappt sogar einmal, es klappt zweimal, und beim dritten Mal liegst du wieder unten.

Es war aussichtslos. Und mit der Zeit tun dir die Pratzen natürlich so weh, dass du nicht mehr hingreifen magst. Dann entdeckst du doch wieder einen Mauervorsprung, du schöpfst wieder Hoffnung, du ziehst dich mit der letzten Kraft hinauf, und dann kommt dir die Wand entgegen und du liegst wieder unten. Natürlich, du wirst sagen, im Leben ist es auch nicht anders, aber das war schon eine besonders ungemütliche Version davon. Jetzt hat der Brenner sich hingesetzt und überlegt, ob er irgendeinen der Sätze vom Schmalzl verwenden könnte.

Satz hat er keinen gefunden, aber ausgerechnet das Sitzen hat ihn dann weiter gebracht. Weil auf einmal fragt er sich, worauf sitze ich da eigentlich. Er hat recht mit sich gekämpft, ob er das Handy noch einmal als Lichtquelle einschalten soll. Stell dir vor, er schafft es doch irgendwie bis zur Spinnwebe hinauf, und dann ist der Akku leer. Aber ich glaube, er hat sich jetzt so allein gefühlt, dass er doch ganz kurz gedrückt hat.

Und es hat sich ausgezahlt. Weil die Hartwig hat ihn dann so nett angelächelt, mit den Unterzähnen, dass der Brenner es als Einverständnis genommen hat. Vielleicht hat er es sich in seiner Not auch nur eingeredet, aber vorgekommen ist es ihm so. Die Hartwig gibt mir mit ihrem Lächeln das Einverständnis.

Und ich muss auch sagen, warum nicht. Mein Gott, die Hartwig spürt es nicht mehr, warum soll sie ihm nicht ein bisschen die Räuberleiter machen. Da war der Brenner wirklich nicht der erste Lebende, der über einen Toten hinweggestiegen ist.

Aber das ist das Schöne im Leben. Genau gleichzeitig mit etwas Furchtbarem passiert ein paar hundert Meter weiter etwas Wunderschönes. Und das sieht oberflächlich betrachtet womöglich sogar ganz ähnlich aus. Sprich: Die Magdalena hat dem Berti in einer halben Stunde ein paar Sachen gezeigt, von denen seine Hubschraubertussi nicht einmal gewusst hat, dass es sie gibt. Der Berti nachher auch ein bisschen Leiche, das muss ich ganz ehrlich zugeben.

Und genau in dem Moment, wo er geglaubt hat, er darf jetzt einschlafen, sagt die Magdalena: «Ich mach mir langsam Sorge um den Brenner. Jetzt ist er schon zweite Nacht nicht heimgekommen.»

Der Berti dafür umso optimistischer: «Wahrscheinlich hat er eine kennen gelernt. Der tut vielleicht gerade das Gleiche wie wir», hat er im Einschlafen gemurmelt. Es war Sonntagmittag, draußen herrlicher Sonnenschein, aber der Berti hätte sich jetzt nichts Schöneres vorstellen können, als ein bisschen schlafen.

«Glaub ich nicht», hat die Magdalena gesagt.

«Mhm.» Der Berti hat in Wirklichkeit schon geschlafen. Aber in so einer Situation musst du als Mann den Trick beherrschen, dass du im Schlaf so tust, als würdest du dich noch unterhalten. Weil da sind die Frauen gnadenlos, sie gönnen dir den Schlaf nicht. Und der Berti hat jetzt sogar im Schlaf noch ein bisschen geblinzelt, damit er den Eindruck unterstreicht: Ich bin voll bei der Sache.

Aber interessant. Wenn du im Schlaf blinzelst, dann kommt so ein hauchdünner Lichtspalt herein, das ist ganz ein ähnlicher Eindruck, wie du ihn hast, wenn du im Flakturm auf einen Sprengriss zu kletterst.

Der Brenner war jetzt schon ziemlich weit oben, weil vom ersten in den zweiten Stock hat er eine gute Stiege erwischt. Die war dann allerdings auf einmal aus, und im Stockfinsteren sind Stiegen, die auf einmal aus sind, eine verteufelte Angelegenheit. Wenn er da noch einen Schritt mehr gemacht hätte, wäre es zehn Meter gerade hinuntergegangen, und da hat der Brenner wirklich eine ganze Armee Schutzengel gehabt. Und zusätzlich noch das Sensorium. Weil Kopfweh hin oder her, nach zwei Tagen und zwei Nächten im Flakturm hast du ein Sensorium, das geht weit über das Natürliche hinaus. Da war das Sensorium fast noch unnatürlicher als die Schutzengel, und gemeinsam haben sie eben dem Brenner zugeflüstert, lieber keinen Schritt mehr. Lieber einen todesmutigen Klimmzug.

Weil da hat er in der Mauer eine Ritze ertastet, und dann Klimmzug mit einem Arm. Der Brenner hat in seinem ganzen Leben keinen Sport gemacht, und heute sowieso in keinem sehr guten Zustand. Aber Klimmzug mit einem Arm hat der immer gekonnt, das hat ihm die Natur mitgegeben, sein Großvater hat das gekonnt, und er hat das auch gekonnt, weil wenn du die Schultern hast und wenn du die Oberarme hast, und wenn du die Unterarme hast, und wenn du vor allem die Finger hast, dann brauchst du das nicht trainieren, vor allem, wenn du gleichzeitig nicht der Größte bist.

Mit dem Klimmzug ist er auf einen Stahlträger gekommen, und wie er sich dort hingerettet hat, muss er einem Vogel seinen Stammplatz streitig gemacht haben, weil der ist ihm so ins Gesicht gefahren, dass der Brenner den Stahlträger fast wieder ausgelassen hätte. Dann wäre es vorbei gewesen, weil zehn Meter gerade hinunter, da stehst du nicht mehr auf, egal wie übersät der Betonboden ist. Aber Gott sei Dank, er hat den Träger nicht ausgelassen. Er hat sich auf den Träger gesetzt und so geschnauft, als würde er glauben, wenn er die Finsternis aus dem Flakturm wegschnauft, dann könnte es auf die Art auch hell werden. Jetzt interessant. In jedem Raum ist die Luft oben schlechter als unten, aber im Flakturm war es umgekehrt. Dem Brenner ist es zumindest so vorgekommen, als wäre die Luft in seinem Vogelnest eine Spur besser als unten.

Jetzt sagst du natürlich vollkommen richtig, vorher war die Spinnwebe zehn Meter über ihm, und jetzt geht es zehn Meter hinunter, das müsste heißen, er ist bei der Sprengritze oben, er muss nur die Magdalena anrufen, und fünf Minuten später ist die Rettung da.

Aber bei der Magdalena hat kein Handy geklingelt. Nicht weil der Akku leer war, die Magdalena natürlich Ersatzakku immer dabei. Aber die Sprengritze war größer, als der Brenner zuerst geglaubt hat. Das waren nicht nur ein paar Millimeter. Das waren mindestens ein paar Zentimeter. Und trotzdem war es keine gute Nachricht. In einem vollkommen finsteren Bunker ist es eben schwer, die Größe und die Entfernung von einer Sprengritze abzuschätzen. Jetzt war die Sprengritze zwar ein bisschen größer als gedacht, aber dafür immer noch zehn Meter über ihm.

Und deshalb immer noch kein Empfang, kein Klingeln bei der Magdalena. Obwohl ich eines ganz ehrlich sagen muss. Hätte der Brenner schon einen Empfang gehabt, wäre er bei der Magdalena trotzdem nicht durchgekommen, weil immer besetzt. Während der Hubschrauber-Berti im Tiefschlaf versunken ist, hat die Magdalena in der Küche durch die Weltgeschichte telefoniert. Sie hat geglaubt, sie muss unbedingt herausfinden, wo der Brenner steckt.

Da ist der Brenner schon fast zwanzig Meter über dem Erdboden gesteckt, und die Magdalena hat immer noch telefoniert. Die hat eine Ausdauer beim Telefonieren gehabt, da hätte der Brenner jetzt schon dreimal mit vollem Recht gesagt, du telefonierst schon eine halbe Stunde. Schmalzl, Polizei, Früchtchen, Hojac, Amtsärztin, Rettung, Polizei, Taxiunternehmen, überall hat die sich gemeldet. Aber natürlich, niemand hat ihr gesagt, wo der Brenner ist. Und in dem Moment, wo sie gedacht hat, jetzt reicht es mir, ich wecke den Berti, er muss mir helfen, den Brenner suchen, hat ihr Handy geklingelt.

Aber nicht dass du glaubst, das war der Brenner. Weil der Sprengriss hat nicht nur aus der Entfernung ausgesehen wie eine Spinnwebe, der ist auch gewandert wie eine Spinnwebe. Jetzt ist er schon über die Hälfte vom Flakturm hinaufgeklettert, da hätten die vollbärtigen Berufsbergsteiger schon drei prächtige Bildbände und zehntausend Lichtbildervorträge und Fernsehdiskussionen und Parteigründungen und alles gemacht, um diese Besteigung gebührend zu feiern, aber die

Sprengritze war immer noch gleich weit entfernt wie am Anfang. Das Einzige, woran der Brenner bemerkt hat, dass er ihr näher kommt, war, dass sie immer eine Spur breiter geworden ist. Da hat er jetzt schon ganz deutlich gesehen, das ist keine Spinnwebe, das ist eine Sprengritze, die ist wahrscheinlich breiter als nur ein paar Zentimeter, vielleicht sogar handbreit.

Am Magdalena-Telefon war der Taxifahrer, der den Brenner zum Flakturm gebracht hat. Weil da hat die Frau in der Funkzentrale die Personenbeschreibung der Magdalena durchgegeben, und jetzt hat der sich tatsächlich gemeldet. Zuerst hat er einmal zehn Minuten lang blöde Bemerkungen gemacht, schöne Stimme, schöne Frau und so weiter, bis er doch damit herausgerückt ist. Dass ihm ein Verrückter mit zwei so Wangenfalten fünfhundert Schilling bezahlt hat, damit er ihn gegen das Gesetz bis zum Flakturm hineinbringt.

Aber da hat wirklich einmal einer das Geschäft seines Lebens gemacht. Weil die Magdalena hat sich sofort von ihm abholen lassen und auch fünfhundert Schilling, damit er sie auch zum Flakturm fährt.

Den Berti hat sie nicht mitgenommen, der hat gerade so fest geschlafen, dass er auf ihre Weckversuche überhaupt nicht reagiert hat. Und war auch besser so. Weil die Magdalena ist dann dreimal um den Flakturm herumgegangen, da war nicht einmal eine Tür oder ein Fenster, wo man hineinschauen hätte können, alles zugemauert für die Ewigkeit, und die einzige Luke mit einem eisernen Laden verrammelt.

Zum Glück war das Taxi noch nicht weg, ist sie gleich wieder damit heimgefahren. Und jetzt hat natürlich der Berti dran glauben müssen. Sie hat ihn so lange geschüttelt, bis ein bisschen Leben in seine Augenlider gekommen ist.

«Mhm», hat der Berti gesagt. Da hat er noch überhaupt nichts mitgekriegt.

«Steh auf! Wir müssen den Brenner finden!»

«Mhm.» Jetzt ist schon ein hauchdünner Lichtstreif unter seinen Lidern hereingekommen.

«Steh auf, du faule Aas!»

«Mhm.»

Ich sage, in so einem Fall bin ich für die Ohrfeige, und die Magdalena hat das auch so gesehen. Das wirkt oft Wunder, es reißt dir einfach die Augen auf, und beim Berti war das nicht anders als beim Hojac, das grelle Licht ist im Berti-Kopf aufgeflammt, dass er vor Schreck fast aus dem Bett gefallen wäre.

Jetzt gute Frage. Warum ist es gleichzeitig beim Brenner noch brutaler hell geworden? So hell, als hätte er seinen Kopf bei der Sprengspalte ins Sonnenlicht hinausgestreckt. Von dort, wo er jetzt war, hat es schon so ausgesehen, als wäre die Sprengspalte breit genug, dass man einen Kopf durchbringt, vielleicht nicht so einen Quadratschädel, wie ihn der Brenner hat, aber einen normalen Kopf eventuell schon. Nur dass er immer noch zehn Meter von der Sprengspalte entfernt war.

Einfache Erklärung für das Licht, dreißig Meter unter dem Brenner hat der Architekt die Baustellenscheinwerfer aufgedreht. Da hat leider die Magdalena mit ihrem Anruf bei der Ärztin den Sohn aufgescheucht. Jetzt hat der gewusst, er muss dringend die Baustelle aufräumen.

Dem Architekt hat es natürlich gar nicht gefallen, dass nur eine Leiche da war. Aber die hat ihm zumindest den Weg gewiesen. Jetzt ist der natürlich dem Brenner hinterher, frage nicht. Der war doppelt so schnell wie der Brenner unterwegs, erstens hat er sich im Flakturm ausgekannt, zweitens hat er Licht gehabt, drittens war er gut ausgeschlafen und ein wunderbares Frühstück bei der Mama genossen, das hat ihm noch am Abend Kraft gegeben.

Weil Frühstück ist das Wichtigste. Da hat die Amtsärztin immer geschaut, dass ihr Sohn schön alle Nährstoffe drinnen hat. Vom Kohlenhydrat bis zum Eiweiß und retour, frisches Obst und Gemüse, ja was glaubst du, und nur nicht zu viel Fett. Da kannst du als Mutter über die Jahrzehnte einen Körper bauen, Architekt nichts dagegen.

Und was ist der Dank? Der verwöhnte Fratz klettert vor Kraft strotzend auf den Brenner zu. Und die Sprengritze immer noch zehn Meter vom Brenner entfernt. Da oben natürlich keine Stiege weit und breit. Die Klimmzüge sind ihm jetzt auch nicht mehr ganz so leicht gefallen, das muss ich ehrlich zugeben. Oder sagen wir einmal so. Ihm hat alles so weh getan, dass ihm der Liftschacht unter ihm schon als das viel kleinere Übel erschienen ist.

Und im Vergleich zu dem gesunden Architekten ist ihm erst aufgefallen, mit was für einem Schneckentempo er sich schon die längste Zeit nur noch bewegen kann. Seine Arme waren so schwach, dass er nach jeder kleinsten Bewegung eine Minute Verschnaufpause gebraucht hat.

Wenigstens frische Luft ist bei der Sprengspalte hereingekommen, und das war so wunderbar, dass der Brenner eine Idee gehabt hat. Weil eine ganze Minute ist natürlich eine lange Zeit, da kannst du zwischendurch was anderes tun. Jetzt hat er, während er dem Architekten zugeschaut hat, wie der immer näher kommt, doch noch einmal probiert, ob er nicht vielleicht schon von hier aus einen Empfang hat.

zwanzig

Da gibt es immer wieder Leute, die behaupten, irgendetwas ist wie im Flug vergangen. Das Leben zum Beispiel. Dagegen ist an und für sich nichts zu sagen, manche Dinge vergehen sehr schnell, und da kann man sagen, wie im Flug.

Aber wie die Magdalena jetzt neben dem Berti im Hubschrauber gesessen ist, da ist ihr die Zeit überhaupt nicht wie im Flug vergangen. Ich möchte fast sagen, noch nie sind ihr die Sekunden so lange geworden wie bei diesem Hubschrauberflug. Sie hat ja gewusst, dass der Berti die Pilotenlizenz noch nicht hat. Aber dass er sich so blöd anstellt, das hätte sie sich auch wieder nicht erwartet. Sonst hätte sie es sich vielleicht noch einmal anders überlegt und ihn doch nicht gezwungen, dass er mit ihr einen kleinen Ausflug macht.

Du musst wissen, der Berti hat zwar der Magdalena gebeichtet, dass er gar kein richtiger Hubschrauberpilot ist. Aber er hat es nicht lassen können und auch ihr gegenüber ein bisschen angegeben. Quasi: fast fertiger Hubschrauberpilot. In Wirklichkeit hat er erst mit dem Kolbenhubschrauber einundzwanzig Flugstunden gehabt. Aber der Kolbenhubschrauber war jetzt gerade mit seinem Lehrer unterwegs. Und den Turbinenhubschrauber hat der Berti zwar schon oft geputzt, weil da hat der Chef gesagt, den Turbinenhubschrauber greift mir überhaupt nur mein bester Hilfsmechaniker an, aber er hat nicht damit rechnen können, dass ihm sein bester Hilfsmechaniker mit der Turbine wegfliegt. Wobei ich schon sagen muss, schuld war der Berti nicht. Schuld war die Magdalena, die hat ihn gedrängt. Wie der Brenner bei ihr auf einmal am Handy angerufen hat, war die Verbindung so schlecht, dass sie nichts verstanden hat. Nur «Flakturm» hat sie verstanden, und «ganz oben» oder so was Ähnliches hat sie verstanden, und dass er in Panik war, das hat sie auch verstanden.

«Vielleicht hat der Brenner ganz was anderes gemeint», hat der Berti sich noch gewehrt, wie sie schon startbereit im Hubschrauber gesessen sind.

«Wenn du noch lange Maschine aufwärmst, kannst du in finstere Nacht landen», hat die Magdalena gesagt. Oder besser gesagt geschrien. Weil wenn du nicht schreist in so einem Hubschrauber, versteht dich kein Mensch, Helm mit Sprechanlage hin oder her. Da glüht nicht nur der Rotor, da vibriert auch dein Schädel, und den Helm trägst du eigentlich nur, damit du dein Trommelfell nicht verlierst.

«Wieso im Finsteren», hat der Berti geschrien, und wenn man recht die Hosen voll hat, soll man ja nicht schreien, weil das wirkt dann aus irgendeinem Grund besonders armselig. «Es ist doch erst achtzehnhundertfünf Uhr!»

War aber kein schlechter Schachzug von der Magdalena, dass sie ihm mit der Dunkelheit droht. Weil der Berti natürlich keine Nachtfluggenehmigung weit und breit, und so viel hat die Magdalena eben aus den Gesprächen schon gewusst, dass das seine größte Angst war. An einem schönen windstillen Tag hat er es sich schon zugetraut, dass er den Kolbenhubschrauber allein hinauf- und sogar wieder gut herunterbringt, und ehrlich gesagt, manchmal hat er es sich beim Einschlafen sogar mit der Turbine vorgestellt. Aber Nachtflug, da ist der kleine Berti sogar am Flugsimulator noch abgestürzt.

«Willst du nicht doch lieber zur Polizei gehen?», hat der Berti geschrien.

Die Magdalena hat ihren Helm heruntergenommen. Sie hat gesehen, das wird nichts, der Berti traut sich einfach nicht. Und ob du es glaubst oder nicht. In dem Moment, wo sie mit dem Helm in der Hand aussteigen will, sieht die Magdalena, dass es da drei Meter hinuntergeht. Weil so sanft, wie der Berti abgehoben hat, da hätte man glauben können, er hat die Vierturbinenlizenz, er hat Nebelflug, er hat Instrumentenflug, er hat alles.

Bei den Indianern sagen sie, wenn dich die Götter bestrafen wollen, erfüllen sie deine Wünsche. Das ist ein super Spruch, und für die Magdalena hat der jetzt hundertprozentig gepasst. Weil so sanft ist es mit dem Berti nicht weitergegangen. Hundertzwanzig Fuß waren sie jetzt schon in der Luft, das hat sie am Höhenmesser genau gesehen, und es hat ihr überhaupt nichts genützt, dass der Berti erklärt hat, das ist in Metern nur ein Drittel. Weil so ein Hubschrauber fällt ja wie ein Stein hinunter, wenn du nicht aufpasst. Da ist ihr erst jetzt, wo er schon auf hundertfünfundsechzig Fuß war, weil das kannst du ja wunderbar am Höhenmesser ablesen, wie du höher steigst, zweihundertzwanzig, zweihundertfünfzig Fuß, da ist ihr erst ungefähr zweihundertachtzig Fuß über dem Erdboden, du weißt schon, Erdboden, wo man darauf spazieren geht, und wo man immer diesen herrlich festen Boden unter den Füßen hat, und wo man in tausend Teile zerspringt, wenn man aus dreihundertdreißig Fuß hinunterplumpst, da ist der Magdalena eigentlich erst bei vierhundertzehn, vierhundertzwanzig Fuß so richtig zu Bewusstsein gekommen, dass sie sich von einem blutigen Anfänger durch die Luft kutschieren lässt.

Aber am schlimmsten war es, wie sie die Ziffern gar nicht mehr lesen hat können, weil die Kiste auf einmal so vibriert hat und dermaßen um die eigene Hochachse rotiert ist, dass die Magdalena geglaubt hat, sie sitzt in einer Wäscheschleuder. Deshalb ist ihr ja die Zeit im Hubschrauber so wahnsinnig langsam vergangen. Jede Sekunde ist ihr wie ein ganzes Leben voll Todesangst vorgekommen. Da hat es gar nichts genützt, dass der Berti noch einmal bravourös aus den Turbulenzen herausgefunden hat. Der Hubschrauber ist vielleicht nur drei Fuß gestiegen, und die Magdalena schon wieder so ein ganzes Leben voll Todesangst. Der Hubschrauber ist natürlich nicht dauernd gestiegen, der ist zwischendurch auch wieder einmal zwanzig Fuß hinuntergefallen, dann wieder gestiegen. Je nachdem, wie der Berti ihn gerade im Griff gehabt hat.

Sagen wir einmal so. So gut hat er ihn nicht im Griff gehabt, dass die Magdalena sich hinausschauen getraut hätte. Wie hypnotisiert hat sie auf den Höhenmesser gestarrt, krampfhaft Fuß in Meter umgerechnet und sich den wunderbaren Ausblick auf Wien in der Abendsonne vollkommen entgehen lassen. Aber besonders tröstlich war der Anblick vom Höhenmesser auch nicht. Grundsätzlich ist so ein Höhenmesser tröstlich, wenn er stabil ist oder sanft steigt. Aber er ist ja jetzt neunzig Fuß nach unten gerasselt, da hat die Magdalena sogar einmal kurz den Blick vom Höhenmesser abgewandt, um den Berti von der Seite ein bisschen vorwurfsvoll anzuschauen.

Weil du darfst eines nicht vergessen. So ein Höhenmesser rasselt ja nicht rein für sich genommen in einem Augenblick von fünfhundertachtzig auf vierhundertneunzig Fuß hinunter. Der ist ja direkt mit dem Hubschrauber verbunden, und da rasselt der Hubschrauber dann auch um neunzig Fuß, sprich dreißig Meter hinunter. Genau diese Dinge waren ja der Grund, warum der Berti so oft mit dem Hubschrauberputzen beschäftigt war, obwohl ja seinem Chef der Hubschrauber sowieso höchstens einen halben Fuß hinuntergeplumpst ist, nicht neunzig wie dem Berti.

Und darum eben der Blick von der Magdalena, quasi vorwurfsvoll. Oder vielleicht war es auch gar nicht richtig ein Blick, sondern wenn du so hinunterrasselst, dann drückt es dir ja rein körperlich alles ein bisschen hinauf, sprich Trägheitsgesetz. Der Körper will oben bleiben, wird aber vom Hubschrauber mit hinuntergenommen, jetzt sagt der Körper, wenigstens innerhalb meiner Haut möchte ich die freie Entscheidung behalten, und da bleiben dann die nachgiebigeren Teile ein bisschen oben, Knochen und Muskeln laufen dem Hubschrauber hinterher, die passen sich an, aber ein Magen, eine Lunge, ein Herz bleiben ein bisschen länger oben, das verschiebt sich dann alles, dann drückt es dir natürlich die Augen hinaus, frage nicht, und darum sage ich, vielleicht war es gar kein vorwurfsvoller Blick von der Magdalena in dem Sinn, sondern rein nach dem Trägheitsgesetz.

«Das ist der Föhn!», hat der Berti geschrien, nachdem er die Kiste wieder abgefangen hat. Kaum ist es ein bisschen ruhiger dahingegangen, hat der schon wieder mit den Ausreden angefangen, und natürlich wie das Amen im Gebet: «Das ist ja nicht wie bei einem Flächenflugzeug.»

«Mhm», hat die Magdalena geantwortet.

«Ein Flächenflugzeug fliegt ja von selber», hat der Berti gesagt. Weil so ist der Mensch. Kaum hast du die größte Todesangst hinter dir, musst du schon wieder einen anderen schlecht machen.

«Ist noch weit bis zu Flakturm?», hat die Magdalena gefragt. Wenn sie hinausgeschaut hätte, wäre ihr aufgefallen, dass er direkt vor ihrer Nase steht.

Du musst wissen, von oben sieht der Flakturm fast wie eine

monströse Betonblume aus. Weil ein paar Meter unter dem flachen Bunkerdach zieht sich dieser Sims rund um den Flakturm, diese acht Betonohren, sprich Abschussrampen für das leichte Flakgeschütz. Und das sieht ein bisschen wie Blütenblätter aus.

«Schau!», hat der Berti geschrien.

Aber nicht dass du glaubst, der war so ein Betonblumen-Narr, dass der deshalb so aufgeregt «schau!» geschrien hat. Sondern vor ihren Augen ist aus einem Mauerriss der Brenner auf eines der Betonohren herausgeklettert.

«Der schaut aber nicht gut aus», hat der Berti gefunden. «Und wer ist der da?»

Weil da ist hinter dem Brenner noch ein Zweiter auf das Betonohr herausgeklettert, und da hat weder der Berti noch die Magdalena wissen können, dass das der Architekt war.

«Der stößt ihn ja hinunter!», hat die Magdalena hysterisch geschrien.

Der Berti hat jetzt superprofessionell den Hubschrauber ein paar Meter über dem Flakturm auf den Luftpolster gestellt, dass man glauben hätte können, es gibt nichts Einfacheres auf der Welt.

«Wir müssen ihm helfen!», hat die Magdalena geschrien.

Weil du darfst eines nicht vergessen. Das hat man von oben sehr gut gesehen, dass der Brenner in der schlechteren Position war. Der Architekt ist mit dem Rücken zur Wand gestanden. Normalerweise meint man das ja nicht positiv, aber in dem Fall war es sehr positiv. Weil der Brenner ist mit dem Rücken zur Luft gestanden, quasi Abgrund. Und der Architekt hat sich mit dem Rücken am Flakturm abgestützt und hat dem Brenner einen Tritt gegeben, dass die Magdalena ihn schon fliegen gesehen hat.

Aber er ist nicht geflogen. Im Gegenteil. Er ist immer noch mit dem Rücken zur Luft auf dem Betonohr gestanden.

«Du musst am Dach landen!», hat die Magdalena den Berti angeschrien.

Aber der hat getan, als hätte er es nicht einmal gehört.

«Du musst aufs Dach!»

Am Dach hat der Flakturm diese vier schwimmbadgroßen Vertiefungen, in denen im Krieg die großen Flakkanonen gestanden sind. Von unten sieht man sie nicht, aber von oben sieht man sie gut, und heute sind das die reinsten Hubschrauberabwehrlöcher, weil da wäre zwischen den vier Löchern nicht einmal der Hubschrauber-Weltmeister so ohne weiteres gelandet.

Aber interessant. Ob es nicht doch irgendeine höhere dings gibt. Dass der Brenner die Magdalena womöglich irgendwie über eine innere Verbindung gehört hat. Weil kaum dass die Magdalena geschrien hat, du musst aufs Dach, hat der Brenner dem Architekten eine getreten, dass der sich gerade noch am Betonohr gefangen hat. Und bevor der wieder gestanden ist, war der Brenner schon Richtung Dach unterwegs. Sechs, sieben Meter sind das bestimmt vom Betonohr bis zum Dach hinauf, aber da oben hat der Flakturm so viele Risse, dass es ein Wunder ist, dass das nicht alles miteinander schon längst einmal heruntergefallen ist. Und in der baufälligen Mauer kann man wunderbar Halt finden, jetzt war das, noch dazu in der besten Abendlichtbeleuchtung, fast ein Spaziergang für den Brenner. Der Architekt natürlich hinter ihm her, der hat nicht so schnell aufgegeben.

Umgekehrt hat auch der Berti seinen Ehrgeiz gehabt, und er hat jetzt probiert, ob er den Hubschrauber nicht doch auf das Dach vom Flakturm stellen kann.

«Heute ist Muttertag!», hat der Berti auf einmal gebrüllt, da hat man gemerkt, dass er doch ein bisschen um sein junges Leben fürchtet, weil ihm das so unvermittelt einfällt.

«Um Gottes willen, und ich hab meine Omi in Polln nicht angerufen!», hat die Magdalena gebrüllt. Weil mitten in der Todesangst beschäftigst du dich oft mit den unwichtigsten Sachen.

Aber der Berti hat den Hubschrauber jetzt ganz sauber abgesenkt, Zentimeter für Zentimeter, butterweich. Aus unmittelbarer Nähe hat der Flakturm nicht mehr wie eine Blume ausgesehen, sondern mit den vier Vertiefungen eher wie eine monströse Steckdose. Oder wie ein seit Jahrzehnten verlassener, voll geschissener Parkplatz mit vier riesigen kreisrunden Bombentrichtern drinnen. Sprich, der Albtraum von jedem Hubschrauberpiloten.

«Das ist ein Himmelfahrtskommando!», hat der Berti geschrien.

Und die Magdalena hat aufgeseufzt, nicht weil sie immer noch daran gedacht hat, dass sie ihre Omi nicht angerufen hat, sondern weil der Brenner schon wieder gelegen ist. Und der Architekt ist gestanden und hat versucht, ihn über den Rand des flachen Bunkerdachs zu treten.

Meistens im Leben ist es nicht gut, wenn du am Boden liegst und ein anderer tritt dich. Aber in der Nähe von einem landenden Hubschrauber kann es auch einmal die bessere Position sein. Und ich weiß nicht, war es ein Föhnwirbel, der den Hubschrauber versetzt hat, oder war es ganz einfach die mangelnde Routine vom Berti, dass er ihn ausgerechnet in eines der Kanonenlöcher hineingesetzt hat.

Grundsätzlich ist das Leben natürlich nie ganz ohne Risiko, da will ich nicht zu den Leuten gehören, die immer nur Vorsicht predigen, und besser mit eingezogenem Kopf durchs

Leben gehen. Aber bei einer Sache bin ich heikel. Wenn ein Hubschrauber landet, dann soll man nie zu nahe hingehen. Und vorsichtshalber schon von weitem den Kopf einziehen, ich sage, das ist keine Schande. Natürlich sind die Rotorblätter höher oben als jeder Kopf. Aber eben nicht nur hoch oben, die haben auch einen viel größeren Durchmesser, als man glaubt. Jetzt stehst du als Passant, der neugierig bei der Landung zuschaut, vielleicht auf einem Wegrain, der liegt womöglich einen Meter höher als das Feld, wo der Hubschrauber landet.

Oder wie es eben beim Berti war, dass er in das Becken für die Flakkanone hineingestolpert ist. Das war natürlich tiefer als das Dach, auf dem der Architekt gestanden ist und immer noch geglaubt hat, er ist in der besseren Position.

Aber interessant. Das Rotorblatt hat den Architekten genau an der gleichen Stelle erwischt, wo die Puppi am Schwedenplatz die Manu Prodinger erwischt hat. An und für sich ist das eine interessante körperliche Stelle, es ist angenehm, wenn du dort geküsst wirst, aber du bist auch sehr verletzlich. Obwohl ich ganz ehrlich sagen muss, ein Rotorblatt würde es mit einer anderen Stelle als dem Hals auch aufnehmen, vielleicht nicht ganz so sauber wie jetzt beim Sohn der Amtsärztin.

Aber der saubere Schnitt allein macht es nicht. Ich sage, der Föhn gehört auch dazu.

Weil wie jetzt der Föhn den Kopf des Flakturm-Architekten über den Augarten getragen hat, ist ihm der Park in einer Perspektive und in einem Abendlicht vor Augen gelegen, da hätte jeder Vogel neidig werden können. Und vielleicht waren die Krähen auch wirklich ein bisschen neidig. Warum sonst hätten sie ein derartiges Geschrei angestimmt, obwohl es noch gar nicht richtig gedämmert hat.

Das hysterische Vogelgeschrei war das Letzte, was der Architektenkopf auf seiner Föhnrunde noch richtig gut gehört hat. Dass die heute schon vor Einbruch der Dämmerung schreien, hat ihn gar nicht gewundert, weil für ihn ist es ja jetzt schneller dunkel geworden als für die Leute unten. Da sind alle Augartenfarben in seinen Augen schon ein bisschen verblasst, während die Liegewiesen und die Sportplätze und die Hundezonen noch einmal unter ihm vorbeigezogen sind.

Er hat die Kastanienallee verblassen gesehen, die Lindenallee, den Kinderspielplatz mit den netten Holzhäuschen und Rutschen. Er hat beobachtet, wie nett die Eltern mit ihren Kindern gespielt haben, und für einen Augenblick hat es ihm Leid getan, dass er seiner Mama mit seinem Jahrhundertbau so viel beweisen wollte.

Egal, von da oben aus betrachtet, hat das alles nicht mehr diese Wichtigkeit gehabt, der Föhn hat ihn ja schon wieder weitergetragen, hinüber zur Gärtnerei, schön über die Beete geflogen, Kopfsalat, Radieschen, Bohnen, alles da, sehr gesund, viele Vitamine, weiter zur Hundezone Gaussplatz hinauf, die Sportwiese, die rote Laufbahn rund um das grüne Fußballfeld, das waren so starke Kontraste, dass er sogar noch einmal richtige Farben wahrgenommen hat, wunderbar, noch lieber wäre er Maler geworden als Architekt, aber der Flakturmplan hat ihn für alles entschädigt, wenn nur seine Mutter ihm nicht erzählt hätte, was der Brenner ihr von der Hartwig erzählt hat.

Fast wäre er in der Weitsprunggrube gelandet, aber da hat ihn der Föhn noch einmal erfasst und hinaufgewirbelt und noch einmal auf eine Gratisrunde mitgenommen, im Awawa-Buffet sind die Leute gesessen und haben den Feierabend genossen, es ist jetzt schon so dunkel gewesen, und er hat sich gewundert, dass sie nicht ihre bunten Lampen einschalten, aber über der Liegewiese haben die Wassersprinkler wieder Regenbögen in die Luft gezaubert, das war ein verhexter Abend, oder war es einfach der Augarten selber, von dem es ja oft geheißen hat, er ist ein bisschen verhext.

Und wirklich, von oben hat man es erst so richtig begriffen, die geometrischen Wege, die abgezirkelten Felder, die schnurgeraden Alleen, den ganzen gewaltigen Barockpark hat er in seiner innersten Seele erfasst, aber so ist es immer im Leben, du begreifst die Dinge erst richtig, wenn du sie nicht mehr brauchen kannst, und dieser Föhn-Flug über den Augarten hat ihn erst zu einem richtigen Architekten gemacht, da hätte er auf einmal Erfahrungen einbringen können, die den jungen Architekten vollkommen abgehen.

Aber auch egal, das ist schon interessant, von oben relativiert sich alles, und er hat jetzt sogar wieder an Höhe gewonnen, das Dach der Porzellanmanufaktur unter ihm hat in der Abendsonne gefunkelt, obwohl rundherum schon alles schwarz war. Dass er sich über dem Heim der Sängerknaben befinden muss, hat er nur noch an den Konzertfetzen erkannt, die heraufgedrungen sind, «Mama», mein Gott, haben die schön gesungen, wenn ihm seine Mama doch nicht erzählt hätte, dass der Brenner ihr erzählt hat, dass die Hartwig ihm erzählt hat, dass sie die Puppi ausliefern will, krächz-krächz-krächz, die Krähen reden auch viel, wenn der Tag lang ist, aber er war ihnen nicht böse dafür.

Der Föhn hat ihn schon wieder weitergetragen, gesehen hat er nichts mehr, aber er hat gewusst, wo er sein muss. Weil er hat das Holz- und Erdenlager gerochen, sprich den riesigen Komposthaufen neben dem Messturm, mein lieber Schwan, der hat heute weit heraufgestunken, aber er hat sich schon wieder entfernt, ist gesegelt und gesegelt, schwerelos wie das reinste Raumschiff, und in unendlich weiter Entfernung hat er für einen Augenblick, oder war es womöglich eine Ewigkeit, noch einmal das überirdisch schöne Blau des Kinderschwimmbadwassers aufblitzen gesehen.

einundzwanzig

Das war das Jahr, in dem der Föhn den Wiener Magistrat gezwungen hat, das Kinderschwimmbad schon am Muttertag aufzusperren. In das Kinderschwimmbad dürfen nur Kinder hinein, das führt natürlich immer wieder zu Reibereien, die Jugendlichen möchten auch gern hinein, und sogar die Erwachsenen sind sich nicht zu blöd und möchten gern in das Kinderschwimmbad hinein.

Aber für Erwachsene gibt es kein Baden im Augarten, der Erwachsene hat rundherum Bäder, der kann in den Prater baden gehen, der kann zur alten Donau hinausfahren, der darf sich im Krapfenwald-Bad einschmieren, bis er glänzt, aber der muss nicht unbedingt im winzigen Kinderschwimmbad den kleinen Kindern den Platz wegliegen.

Und wenn einer zwei Meter groß ist wie der Horsti, dann verliegt er Platz für drei Kinder, und da wird man gleich einmal schief angeschaut. Obwohl es beim Horsti vollkommen in Ordnung war, weil als Begleitperson hast du ein Anrecht, anders kommst du ja gar nicht hinein, und ist auch richtig so. Du musst wissen, der Horsti hat jetzt eine neue Freundin gehabt, die Pamela. Und die Pamela hat ein dreijähriges Kind gehabt, die Helena. Weil da haben alle gesagt, das passt gut zusammen, Pamela und Helena. Und dem Horsti ist das auch sofort aufgefallen, und der hat da jetzt nach dem schweren Erlebnis mit der Manu mehr das Familiäre gesucht.

Ich muss ehrlich sagen, die Pamela war ebenfalls sehr attraktiv, die hat sich hinter der Manu Prodinger überhaupt nicht verstecken müssen. Die Pamela schwarze Haare, und zwar richtig schwarz, wie man es bei uns gar nicht so oft sieht, aber sonst, Figur und Wesen durchaus mit der Manu vergleichbar, da dürfte der Horsti so seinen Typ gehabt haben.

Und interessant. Die Pamela auch ein bisschen Stimme wie ein Glasschneider. Wenn die Pamela im Kinderschwimmbad «Helena!» geschrien hat, das ist den Leuten durch Mark und Bein gegangen.

Aber die Helena ist jetzt brav am Beckenrand gesessen und hat mit den anderen Kindern gemütlich geplanscht und diskutiert. Zum Hineingehen war es am ersten Tag fast noch zu kalt. Jetzt sind rundherum am Beckenrand die drei-, vierjährigen Kinder gesessen, das hätte ein Fotograf fotografieren müssen, so entzückend hat das ausgesehen, das glaubst du gar nicht. Die kleinen weißen Körperchen mit den weißen Hüten und den Kindersonnenbrillen auf, rund um das blaue Wasser. Fast ein bisschen, wie sich die Vögel am Abend auf den Abschussrampen vom Flakturm aufreihen und ganz brav auf die Dämmerung warten, und auf einmal fliegen sie weg, wie auf Kommando.

Der Horsti und die Pamela sind am Rücken gelegen, schön die Abendsonne bis zur letzten Minute auskosten, und die Pamela hat gesagt: «Das ist einmal ein Muttertag, wie ich ihn mir gefallen lasse.» Aber leider, wenn etwas sehr ideal ist, stören dich oft die kleinsten Kleinigkeiten. Jetzt hat sie noch gesagt: «Nur der blöde Hubschrauber soll endlich verschwinden.»

Weil bevor der Hubschrauber gekommen ist, hat man aus weiter Ferne die Sängerknaben vom anderen Ende des Augartens herüber gehört, «Mama» von dem holländischen Wunderkind Heintje haben sie gesungen.

Sie hat sich jetzt aufgesetzt, verärgert zum Hubschrauber hinübergeschaut und die Sonnenbrille auf die Nase heruntergegeben.

«Gib sie hinauf», hat der Horsti gesagt, «sonst kriegst du weiße Flecken.»

«Es blendet mich», hat die Pamela stimmlich aufgestampft, da war sogar ziemlich viel Glasschneider dabei.

Jetzt hat der Horsti seine Sonnenbrille auch auf die Nase heruntergeschoben. Er hat sich umgeschaut bei den Begleitpersonen, es hat sich ziemlich die Waage gehalten, die einen haben die Brille im Haar gehabt, die anderen auf der Nase, weil es ist immer die Frage, was ist dir mehr wert, das Blenden oder die weißen Flecken im Gesicht.

Und der Horsti hat noch getestet, wie groß der Unterschied für die Augen ist. Er hat die Kinder am Beckenrand fixiert und die Sonnenbrille auf und ab geschoben. Brille oben, haben die Kinder am Beckenrand ganz weiße Körper gehabt, Brille unten, braune Körper. Dann wieder Brille oben, weiße Kinder, Brille wieder unten, braune Kinder. Aber interessant. Im Nachhinein war er sich nie ganz sicher, ob er die Brille oben oder unten gehabt hat, wie aus heiterem Himmel ein blutiger Menschenkopf mitten in das Kinderschwimmbad geplatscht ist, dass sich das blaue Wasser in Sekundenschnelle rot gefärbt hat, und ich würde sagen, dieses intensive Rot spricht für Brille oben.

Aber der Kopf und das rote Wasser waren so eine Überraschung, dass der Horsti es in der ersten Sekunde gar nicht richtig begriffen hat. Und auch die Kinder haben es nicht gleich begriffen. Gott sei Dank, muss ich sagen. Der Kopf hat jetzt ganz langsam das Gesicht nach oben gedreht, und die Kinder haben immer noch nicht geschrien. Ich glaube, als Erstes haben es die Krähen begriffen, und dann hat sich erst in das Krähengeschrei das Kindergeschrei gemischt, und dann ist der Horsti erst aufgesprungen und hat hysterisch schreiend den Kopf aus dem Wasser geholt. Das wird er bestimmt sein Leben lang nicht vergessen.

Aber dafür haben sie ja dann monatelang die Betreuungsgruppen gehabt, wo sie dieses Erlebnis immer wieder durchgegangen sind. Da muss ich sagen, Hut ab, weil die Gemeinde Wien hat das unbürokratisch zur Verfügung gestellt. Insgesamt drei Gruppen, Kinder und Begleitpersonen gemischt, und natürlich Psychologen. Am Anfang haben sie sich täglich getroffen, dann nur noch wöchentlich. Da ist sehr darauf geachtet worden, dass sie nichts vergessen, weil das Vergessen ist ganz gefährlich. Immer wieder erzählen und verarbeiten, anders darf man das nicht machen.

Aber interessant. Die Erwachsenen haben sich mehr für den Kopf interessiert, und die Kinder haben sich mehr für den Hubschrauber interessiert, der gleichzeitig auf das Flakturmdach gekracht ist, weil der Berti eben in letzter Sekunde doch noch diese Riesenprobleme gekriegt hat. Aber das hätte sich der Berti auch nicht träumen lassen, dass er ausgerechnet mit dem Totalschaden den Hals aus der Schlinge zieht.

Pass auf, die Psychologen waren so froh über die spektakuläre Ablenkung, wie der Hubschrauber am Flakturmdach auseinander gebrochen ist, dass sie mit der Polizei einen Handel eingefädelt haben, und außergerichtlicher Tatausgleich für den Brenner, den Berti und die Magdalena. Weil am Anfang hat es gar nicht gut für die drei ausgeschaut, da will ich jetzt nicht lange aufzählen, was man denen alles anhängen hätte können, und nur dass der Brenner ihnen den Weg zur Hartwig gezeigt und gleich den Täter mitgeliefert hat, hätte ihn noch lange nicht gerettet.

Zum Glück hat die Polizei die Argumente der Psychologen eingesehen, und der Kollege mit dem Feuermal hat auch ein gutes Wort eingelegt. Jetzt hat es geheißen, jeder von euch geht dreißig Stunden in die Betreuungsgruppe, da ist in der jetzigen Situation den Betroffenen viel mehr geholfen. Und das war ein voller Erfolg, da hat man den Kindern zumindest zeigen können, schaut her, den Menschen im Hubschrauber ist nichts passiert, sprich, alles halb so schlimm.

Die Magdalena haben die Kinder geliebt, am Berti haben sie regelrecht einen Narren gefressen, und den Brenner haben sie auch gelten lassen. Mein Gott, er war vielleicht ein bisschen steif im Umgang mit Kindern, aber mit der Zeit ist er immer besser geworden.

Am besten hat ihm gefallen, dass die Stunden in den Früchtchen-Räumlichkeiten stattgefunden haben, weil da hat er manchmal am Gang rein zufällig die Conny getroffen, und einmal hat er mit ihr sogar einen Spaziergang zum Flakturm gemacht. Er hat ihr erzählt, dass er sich die längste Zeit vor einem Frauenfall gefürchtet hat und dass das in Polizeikreisen das Gefürchtetste ist. Sie hat ihn ausgelacht, aber nicht böse, nett ausgelacht. Das Ganze ist eigentlich kein Grund zum Lachen, weil traurig genug, was der Architekt sich einfallen hat lassen. Aber jetzt, wo es doch kein Frauenfall in dem Sinn geworden ist, kannst du dir ungefähr ausrechnen, wie schlimm erst ein richtiger Frauenfall sein muss.

Die Conny ist dann auch gleich wieder ernst geworden. Die Hartwig hat ihr Leid getan, so ein Schicksal hat sie der Frau nicht gegönnt. Das hat dem Brenner gefallen an der Conny, wie sie da recht betroffen vor dem Flakturm gestanden ist. Das

Fenster, durch das er vor ein paar Tagen noch hineingeklettert ist, war jetzt endgültig zugemauert, da hat der Wiener Magistrat gleich reagiert und dieses letzte Schlupfloch mit roten Backsteinen zugemacht.

Wenn du zufällig einmal vorbeikommst, kannst du dir das anschauen, an der Hinterseite vom Flakturm, mehr so seitlich blitzt da in Kopfhöhe dieses kleine Rechteck aus frischen roten Backsteinen aus dem Flakturmgrau heraus, das findest du leicht, und das haben sie wegen dem Brenner zugemauert. Wenn du vielleicht eine Blume hinlegen willst, muss nicht weiß Gott was für ein Strauß sein, nur ein kleines Zeichen, das würde mich persönlich freuen.

In der Tasche hat er den Brief von der Pensionsversicherung gehabt, die haben ihm geschrieben, dass er gesund ist wie ein Dreißigjähriger, und Frühpension keine Chance. Da muss man im Nachhinein schon sagen, ihm und der Amtsärztin und der Welt wäre einiges erspart geblieben, wenn er gar nicht erst angesucht hätte, aber nachher ist man immer gescheiter. Er hat das jetzt verdrängt und am Heimweg gleich mit dem negativen Bescheid vor der Conny angegeben. Gesund wie ein Dreißigjähriger, hat er immer wieder betont. Aber er hat es so gesagt, als würde er das eine wahnsinnige Frechheit finden.

Du musst wissen, die Mali ist für ein halbes Jahr auf Schüleraustausch in Italien gewesen, quasi Neubeginn, jetzt hat der Brenner sich ausgerechnet, dass die Conny doch eine Bezugsperson braucht, quasi auch Neubeginn.

Und weil er viel lieber noch länger mit ihr durch den Augarten spaziert wäre, hat er recht gejammert, dass er schon wieder in die Gruppenstunde muss. «Die Kinder sind ja nicht das Schlimmste», hat er gesagt, «aber der Horsti macht mich krank.» Weil der Horsti hat es immer wieder erzählen müssen, die Kinder waren schon längst drüber hinweg, und der Horsti immer wieder, ich schieb mir die Sonnenbrille hinauf, ich schieb sie hinunter, ich schieb sie hinauf, ich schieb sie hinunter. Aber es hat nichts genützt, der Brenner hat jetzt zurückmüssen in die Gruppenstunde.

Vielleicht war er auch nur neidig, dass der Horsti so begeistert von seinem Problem erzählen kann. Er selber hat in der Gruppe nicht viel darüber herausgelassen, was er im Flakturm erlebt hat. Nicht einmal der Magdalena hat er es erzählt, aber mit der hat er sich sowieso nicht mehr so gut verstanden, seit sie ihm das Leben gerettet hat. Vielleicht ist es auch mehr daran gelegen, dass sie jetzt mit dem Berti verlobt war. Nicht dass du glaubst, negative Gefühle, aber es war nicht mehr ganz so wie früher zwischen dem Brenner und der Magdalena.

Nur der Conny gegenüber hat er jetzt am Weg vom Flakturm zum Früchtchen-Heim ein Detail erwähnt. Über das Kopfweh, quasi interessante Beobachtung.

«Komisch ist das schon», hat er gesagt, damit er nicht die ganze Zeit nur über den Horsti schimpft, sonst macht er den womöglich noch für die Conny interessant. «Das Schädelweh ist im Flakturm von Minute zu Minute ärger geworden.»

«Das kommt mir nicht komisch vor», hat die Conny sich über die kurze Geschichte gewundert.

«Und auf einmal war es weg.»

Die Conny hat gewartet, dass noch was kommt, aber es ist dann nichts mehr gekommen, jetzt hat sie nicht recht viel mit der Geschichte anfangen können.

Wenn schon, hätte er ihr ein bisschen mehr erzählen müssen. Wie er da mit seinem elendig schmerzenden Kopf am Flakturmdach liegt, und der Architekt versucht ihn über die Kante zu schieben. So was muss man doch nicht sein Leben lang allein mit sich herumtragen. Wie er am Rücken liegend in den Himmel hinaufschaut, und im selben Moment, wo er das Rotorblatt durch den Architektenhals fahren sieht, löst sich sein eigenes Kopfweh in Luft auf.

Ganz geheuer war ihm das selber nicht. Er war schon nahe daran, dass er es der Conny doch erzählt, aber mit so etwas darf man nie zu lange warten, und jetzt war es zu spät. Weil unangenehme Überraschung vor dem Früchtchen-Haus. Der Horsti. Und der ist nicht allein auf der Straße gestanden mit seiner ewigen Sonnenbrille. Der Schmalzl ist in seinem roten BMW Cabrio gesessen, einen schneeweißen Argentino auf dem Rücksitz, und hat seinem besten Spendensammler lautstark das Neueste erzählt.

Pass auf, der Hojac hat den Schmalzl beauftragt, dass seine Tierfamilie das Hartwig-Heim samt Puppi-Betreuung übernehmen soll. Das war natürlich für den Schmalzl ein Riesenschritt in die richtige Richtung. Und dem Horsti hat er die verantwortungsvolle Heimleitung übertragen.

«Und nennen tun wir es Manu-Prodinger-Heim», hat der Schmalzl laut und zufrieden verkündet.

Der Brenner hat versucht, unbemerkt an ihm vorbeizukommen, aber nichts da. Die Puppi und der Schmalzl haben ihn genau gleichzeitig erkannt, und Gott sei Dank war die Puppi am Rücksitz gut angekettet.

Der Schmalzl strahlt ihn übers ganze Gesicht an und ruft mit seiner hohen Stimme: «Ich hab dir ja den Witz immer noch nicht fertig erzählt. Also pass auf. Am Schluss sagt der Mann zu seiner Frau: Lass es uns doch einmal wie die Tiere machen, und die Frau sagt», an der Stelle hat der Schmalzl seine Stimme noch eine Spur höher gestellt, «na gut, ausnahmsweise. Aber ich sag dir gleich –»

«Wie die Hunde!», hat der Brenner ihn unterbrochen. «Es muss heißen: wie die Hunde!»

Aber er hat es nur gesagt, um den Schmalzl kurz abzustellen. Ich weiß nicht, war der Brenner immer noch durch den Hundebiss und durch die Ereignisse im Flakturm so angerührt, oder war einfach die Conny eine Frau, vor der ihm so was peinlich war. Während der Schmalzl kurz gestutzt hat, ist er mit der Conny einfach weggegangen, ich möchte schon fast sagen, er hat sie richtig weggezogen vom Schmalzl.

«Lass uns doch», hat er gesagt, weil sie ihn gar so fragend angeschaut hat, und dann ist ihm nicht gleich etwas eingefallen, und er hat noch einmal angesetzt, «lass uns doch noch eine Zigarette auf der Straße heraußen rauchen.»

Und die Conny grinst ihn frech an, mit diesem hauchdünnen Sprengriss zwischen den oberen Schneidezähnen, und sagt mit ihrer ganz normalen, nicht zu hohen und nicht zu tiefen und nicht zu schneidenden und nicht zu weichen und nicht zu kultivierten und nicht zu ordinären, schlicht und einfach wunderbaren Frauenstimme: «Na gut, ausnahmsweise. Aber ich sag dir gleich –»

Der Brenner ist einen Kopf kleiner geworden, wie sie so angefangen hat. Aber ich glaube, der Conny hat genau das gefallen, weil sie hat ohne mit der Wimper zu zucken weitergeredet: «Es muss an einer ganz unbelebten Kreuzung sein.»

Wolf Haas

«Wolf Haas schreibt die komischsten und geistreichsten Kriminalromane.» Die Welt

Auferstehung der Toten
Roman
«Ein erstaunliches Debüt. Vielleicht der beste deutschsprachige Kriminalroman des Jahres.» (FAZ) Ausgezeichnet mit dem Deutschen Krimi-Preis '97.
3-499-22831-9

Der Knochenmann
Roman
Wieder ein Fall für den unnachahmlichen Privatdetektiv Brenner.
3-499-22832-7

Komm, süßer Tod
Roman
Ausgezeichnet mit dem Deutschen Krimi-Preis '99, erfolgreich verfilmt.
3-499-22814-9

Silentium!
Roman
Ausgezeichnet mit dem Deutschen Krimi-Preis 2000. 3-499-22830-0

Ausgebremst
Der Roman zur Formel 1
3-499-22868-8

Wie die Tiere
Roman
Der beste Freund des Hundes ist der Pensionist – und das Kleinkind sein natürlicher Feind ... «So wunderbar, dass wir beim Finale weinen müssten, hätten wir nicht schon alle Tränen vorher beim Lachen verbraucht.» (Die Zeit)

3-499-23331-2

B 13/1